魔镜丛书

Bao
Kan
Chufang

报刊厨房

谁为我做信息大

陈昌凤　张　洁　主编
常　江　编著

福建人民出版社

总　序

我们头脑中的世界从何而来?

你印象中的"圣诞节"、"美国"、"乾隆皇帝"、"杨利伟"、"外星人"、"F4"、"武侠"是什么样的? 你是如何知道的? 你头脑中"苗条"、"酷"(cool)、"高尚"的概念是怎样的? 这些见解是如何形成的?

你有钟爱的玩具、服装、运动鞋、游戏的品牌吗? 你是如何获知的? 如果是从老师、同学、朋友那里知道的,他们又是从何处了解的?

1

信息，就像我们呼吸的空气一样，是我们生活的一部分。在这个信息爆炸的社会里，我们的头脑里充满了各种各样的信息，有的是"看到"的，有的是"听说"的，更多的是通过广播、电视、报纸等大众媒体获知的。我们在信息中融入自己的想象和思考后，便形成了对各种事物的认识。可是，这么多的信息，哪些是真实的，哪些可能不是呢？

真的？——我亲眼看见的！

俗话说，眼见为实。我们头脑中的信息只有一小部分是亲身接触到的，可谓弥足珍贵。按理说，这部分信息是最可靠的——"我亲眼看见的！""不信你去看看！"

下面就是一则"看"的故事：

早在19世纪，在哥廷根曾经召开过一次心理学会议，与会者是训练有素的观察家。在会议厅不远处正在进行一项公共庆典活动，其中有一个化装舞会。会议正在进行，突然，会议厅大门被人撞开，一个小丑冲了进来，一个持枪黑人在后面狂追。他们在大厅中央厮打，小丑倒下了，黑人扑上去开枪射击，然后两人一起冲出了大厅。整个事件持续了不到20秒钟。

其实，这是事先导演好的一项实验，但与会者并不知情。会议主席要求在场的40位观察家各写一篇报告。结果报告中有25篇事实错误达40%以上，有24篇杜撰了10%以上的细节。报告中有10篇可归入故事或传奇，24篇是半传奇，只有6篇接近准确的事实，但其中错误率低于 20%的只有 1 篇。

这是因为，大多数人都用自己头脑里关于打斗的印象，取代了一部分事实。换句话说，他们是用自己的头脑修正或解读了事实。

你看，即便是训练有素的观察家，也无法准确地描述出亲眼所见的事实。假如这些观察家是一群记者，他们的报道刊发在第二天的各家报纸上，作为读者，你会质疑他们笔下传奇或半传奇的故事吗？

真的？——我亲耳听到的！

我们常常用"听"来的信息描述现实世界，这些信息可能来自权威人士、意见领袖，比如你的老师、家长、偶像，也可能来自同学、朋友、陌生人。无论是"你听他说"还是"他听你说"，在传播学中都被称为"人际传播"。人际传播是通过面对面的方式进行的，感觉很亲切，也比较可信。

不过，有的信息可能是经过了 N 次传播才到达你这里的。比如说，老师和家长把他们宝贵的人生经历、生活感悟告诉你，他们的这些经历和感悟，有的是直接的，有的是间接的，有的可能是他们从媒体上获得的。在人际传播中，由于每一个人都自觉不自觉地担任着"转述"的任务，所以他们通常都会添加自己"合理的想象"，让事实变样。有句俗语：东街的"牛角瓜"，传到西街就成了"牛讲话"。

在下面这个故事里，你觉得自己有可能成为谁呢？值班军官，排长，还是那位士兵？

据说,1910年美军的一次部队命令是这样传递的:

营长对值班军官:明晚大约8点钟左右,在这个地区可能看到哈雷彗星,这种彗星每隔76年才能出现一次。命令所有士兵着野战服在操场上集合,我将向他们解释这一罕见的现象。如果下雨,就在礼堂集合,我为他们放一部有关彗星的影片。

值班军官对连长:根据营长的命令,明晚8点哈雷彗星将在操场上空出现。如果下雨,就让士兵穿着野战服列队前往礼堂,这一罕见的现象每隔76年将在那里出现。

连长对排长:根据营长的命令,明晚8点,非凡的哈雷彗星将身穿野战服在礼堂出现。如果操场下雨,营长将下达另一个命令,这种命令每隔76年才会出现一次。

排长对班长:明晚8点,营长将带着哈雷彗星在礼堂出现,这是每隔76年才有的事。如果下雨,营长将命令彗星穿上野战服到操场上去。

班长对士兵:明晚8点下雨的时候,著名的76岁的哈雷将军将在营长的陪同下身着野战服,开着他那辆"彗星"牌汽车,经过操场前往礼堂。

真的?——报纸上说的!

媒体报道的事实,是真的吗?报道与事实是什么关系?新闻是如何出笼的?这个世界每天都在发生不计其数的各类事件,为什么媒体只选择了这些来报道,而不是另一些?报道什么和不报道什么,谁来决定?你相信那些报道吗？为什么？

我们每一个人生活的地方，都只是世界的一角，如果我们只依靠亲身接触和面对面的交流来获得信息，那视野就太狭窄了。实际上，我们获得的绝大部分信息，都来自报纸、杂志、广播、电视、电影、书籍、网络这些大众传媒。其中报刊、广播、电视等新闻传媒和网络，拥有的信息量尤其大，动态性很强，因此对我们的影响也非常大。

这样，在大众传媒工作的记者、编辑和导演、制片人等，就成了我们的"耳目"。特别是在新闻媒体工作的记者，他们及时搜集各种信息，从中挑选一些迅速报道给我们。他们是成长、生活于不同的社会意识形态、经济条件、文化背景中的人，是为各种有特定目标、报道准则、社会规范下的媒体工作的人，所以他们在用自己的头脑去判断和选择的时候，就必然各有不同。

于是，在不同政治、经济、文化背景下，同一事件，可能会被人生阅历、专业修养、教育程度相异的记者们，报道成不同的样子。

大众媒介：通往世界的窗户，
还是扭曲现实的魔镜？

有一部由西方社会学者写的书，名叫《媒体制造》(Media Making)，其书名包含两方面的含义：第一，世人制造着媒体(The world is making the media)；第二，媒体创造着世界(The media is making the world)。也有人创造出词

5

汇 Mediamerica, Mediaworld（媒介化的美国，媒介化的世界）。的确，从某种意义上讲，这个信息化的世界是由传媒"塑造"的。大众媒体带来了浩瀚如海的信息，人们足不出户就看到了香港回归祖国的仪式，听到迈克尔·杰克

几百万年前，人类诞生，后发明语言。

传播方式：口耳相传

历时：数万年

公元前3500多年，文字诞生。

历时：几千年

6-7世纪，雕版印刷诞生。

11世纪，活字印刷诞生。

历时：几百年

1920年11月2日，美国匹兹堡KDKA电台开播，标志着世界广播事业的诞生。

1936年，英国广播公司建立了电视发射台，世界电视事业诞生。

历时：几十年

20世纪80-90年代，互联网事业诞生。

逊的演唱，观赏澳洲的袋鼠和非洲的羚羊……信息无处不在。而且，你身边的世界、你的好友亲朋以及你自己，在媒体的"渗透"下，也正悄然地发生着变化。

技术报时

假如我们把地球上的生命——从单细胞动物发展至今的历史比作一天，那么大众传媒出现于这漫长一天的最后一秒。但这最后一秒的嘀嗒一声，却非同寻常：似乎世界突然缩小了，人的视觉、听觉突然扩展了，人们的注意力从过去转向了未来。最最重要的是：人类一下子变得更有力量了！

大众传媒是在人类传播活动中产生的。传播已经进

入第五次革命:语言的产生是第一个里程碑;文字的出现带来了信息传播的第二次革命;印刷术和纸张使人类一下子拥有了三种传媒——书籍、刊物、报纸;电报的发明,使世界一下子变得如此之小,催生了三类传媒——电影、广播和电视;计算机出现后,人类开始进入网络革命时代。传播革命的频率越来越快,如果把发展了数百上千年的报刊业比作1小时,那么20世纪广播电视从诞生到普及,只用了不到1分钟。

传媒一出现,就参与了一切意义重大的社会变革——智力革命、政治革命、工业革命、道德观念革命,以及个人兴趣爱好、理想抱负的变革。于是,每一次传播的重大变化,都伴随着一次重大社会变革。今天,一份大型日报一天所载的信息,可能相当于17世纪一个普通人一生所接触的信息的总和。

政治风云因传媒变幻

几乎在诞生伊始,传媒就和政治结下了不解之缘。尤其是广播、电视、网络等大众媒体产生之后,影响力大,受众面广,折射并且影响着世界政坛的风云变幻。

1960年,美国总统大选。作为两位最有实力的候选人,尼克松和肯尼迪进行了首次电视辩论,成千上万的美国选民观看了这次辩论。当时从获得支持的情况来看,尼克松明显优于肯尼迪,因此,他似乎没把电视当一回事。在镜头前,他表现保守,一问一答,缺乏活力,完全没有调动观众的情绪。相比之下,肯尼迪显得十分轻松,沉着冷静,无论对方提出什么问题,他都面向观众,侃侃而谈。

辩论的结果不言而喻,大量的选民迅速倒向肯尼迪这一边。肯尼迪以他的这次亲身实践证明:大众传媒影响了人们的判断和选择,也影响着一个国家的政治和历史。

38年后,1998年1月,31岁的网上"个体户"麦特·德拉吉(Matt Drudge)通过他独自创办经营的邮件列表(mailing list)《德拉吉报道》(Drudge Report)向人们发送了一份邮件,报道了美国《新闻周刊》在付印前最后一分钟抽掉的有关克林顿性丑闻的长篇爆炸性新闻。而《德拉吉报道》订户中的众多记者好像在同一时间听到了发令枪响,迅速全线出击,掀起了在美国新闻史上前所未有的一次"绯闻报道狂潮"。转眼间,轰炸伊拉克的计划及罗马教皇访问古巴这些举世瞩目的新闻成了不足挂齿的边角料。《德拉吉报道》一举成名。这对于当时的美国总统克林顿、美国以及世界政坛,都产生了巨大的影响。

时至今日,网络给了人们最充分的发表言论的机会,从人民网的"强国论坛"到各大校园网的BBS,处处可见针砭时弊的网友评论。但是,这些评论往往良莠不齐,在阅读、使用它们的时候,最重要的是保持理智的头脑,坚持自己的判断,汲取有益的成分,这样才能真正的知天下事。

传媒与经济:只认"孔方兄"?

在世界范围内,传媒经济越来越热,传媒收入在国民生产总值中的比重越来越高。在中国,有人说:传媒是中国最后一个暴利行业。除了自身的经济行为，传媒还影响着整个社会经济：关注经济热点，炒作经济概念，推动经济运行……

在你津津有味地观看米老鼠、唐老鸭、狮子王、兔子罗杰的时候，在你被《超人》《哈利·波特》《泰坦尼克号》感动得热泪盈眶的时候，你是否意识到，你在为迪斯尼、维亚康姆这些传媒集团的经营作贡献？在你收看电视节目，购买最新的 VCD、DVD 的时候，你是否意识到，你的行为也会对这个信息构建起来的世界产生一定的影响呢？

迪斯尼的一切都是从一只可爱的米老鼠开始的，以米老鼠为主角的各种卡通书籍和电影为迪斯尼带来了声望和财富。迪斯尼公司也走出美国，走向世界，在几个国家经营的多家迪斯尼主题公园每年的收入就达到了 250 亿美元。80 年代开始，迪斯尼的品牌随着中央电视台每天傍晚 30 分钟的《米老鼠与唐老鸭》的播出，深深地印入了中国少年儿童的心灵。

新闻集团的老板默多克说过这样的话：中国是世界传媒的最后希望。近年国际著名传媒集团，纷纷把目光转向了中国市场。全球最大的娱乐传媒集团之一维亚康姆公司来中国寻求发展时，其董事长说不只要把纽约或欧洲的音乐带到中国来，还要开发中国本地的音乐和文化，并带到全世界。传媒在赚钱的同时，也对文化和社会生活带来必然的影响。

中国的传媒也在发展壮大，目前已经成为第四支柱产业。你的长辈是不是抱怨报纸上的广告越来越多了？你是不是也为心爱的电视剧被一条条广告割裂而痛心过？如果你们知道那一版广告每天给报纸带来几十万的收入，那几秒电视广告一年给电视台带来几千万的效益，会作何感想？通常情况下，如果一张报纸没有什么广告，那可能意味着它的失败或只是"赔本赚吆喝"。

传媒是经济晴雨表。一个国家、一个地区只有经济发达了，才会有大量售卖广告的需求，才会有发达的传媒。所以，传媒发展水平与经济水平通常是相适应的。

传媒集团的出现改变了整个世界的经济结构，在政治课本里，它们暂时被划为第三产业，但传媒的经济特性及其对社会经济却产生着更复杂而深远的影响。

传媒与社会：
你的脑子里装"过滤器"了吗？

在这个信息构建起来的世界里，有"大话西游"的交流语言，有"蜡笔小新"式的成人童话，有"黑客帝国"的视觉冲击，有"动物世界"的神奇多变，还有日复一日、重复了无数遍的广告……

有人说，电视削弱了父母和学校的影响力，你赞同吗？你的父母、老师有没有跟电视、网络作过"斗争"？

传播学者麦克卢汉曾在《了解媒体——人的延伸》一书中，强调电视不仅是娱乐工具，还是塑造现代人心灵、改变整个生活情境的新力量。人们除了工作、学习和睡觉以外，最多的时间花在了大众传媒上。许多国家12岁以前的儿童花在看电视上的时间，同在学校里的时间一样多。人们对于遥远地方的几乎所有印象，都来自传媒。商业广告甚至还"塑造"了人们的兴趣爱好。

很多调查显示，大众传媒影响着青少年的世界观和人生观，有一项著名的调查，研究了美国饱受赞誉的电视节目《芝麻街》(Sesame Street)对青少年的影响。《芝麻街》节目中所描述的女性角色多是做清洁工的、司母职的、模仿的、卑屈的、智慧有限的，只有男性是愉快的、担任重要职务的，且男性出现频率为女性的两倍。调查显示，青少年观众心目中的性别角色定位，与《芝麻街》节目中所描述的如出一辙。

也有人拿美国的另一部连续剧《一家人》(All in the Family)来做实验。这是一个成人喜剧，但也吸引了不少青少年观众。剧中的中心人物庞克尔是一个十分传统、固执、又充满偏见的蓝领人士。剧中有一段描述庞克尔的邻居夫妇——先生负责做菜，太太负责修理家庭用具的情形。这对夫妇扮演的是非传统的角色。实验中，这些小观众分几个小组看电视，并在看电视前后接受访问，以了解他们对性别角色的看法。结果他们在看完电视之后，对性别角色的"刻板看法"减少了。

在这个信息爆炸的时代，我们每天都会接触到大量的传媒信息，其中有些对我们有用，有些却会浪费我们的生命、损害我们的健康。心理学家认为接收过量信息会令人孤独、脑筋迟钝，难以专注于真正重要的信息，还会使人际关系变差。有舆论认为这都是电视惹的祸，电视造成少年儿童的早熟、消费主义、暴力、价值观混乱等等不良影响，你如何评价？

回顾一下你的课余生活，你是否曾沉迷于一首动听的流行歌曲而旁若无人？你有没有为一部电视连续剧而废寝忘食？你可曾因为错过某个喜爱的电视节目而气急败坏？如果某日无法上网，你会否急得寝食不安？

有一个形象的比喻，比喻那些一味沉迷于电视、导致体形臃肿的人，叫做"沙发土豆"。美国研究人员发现，1岁至3岁的儿童看电视越多，到7岁时，注意力不集中的情况就越严重。台湾地区一项调查显示，看电视和身体质量指数有相关性，孩子看电视的时间越久，就容易发胖。

网络迷则有更多的问题。据2004年7月消息，北京海淀检察院从对海淀看守所在押的未成年犯罪嫌疑人的调查发现：73名有上网经历的未成年犯罪嫌疑人中，39人承认自己走上违法犯罪道路是因上网引起或与上网有关，占53.4%。

电视剧《还珠格格》热播时，上海、辽宁等地的医院相继接待了不少想拥有剧中"小燕子"那样的大眼睛的少儿观众。尽管医生一再劝说，他们仍坚持要进行整容手术。手术过后，病人都对自己的眼睛很不满意，后悔当初要"小燕子"的大眼睛。还有浙江、辽宁等地的小电视迷，模仿剧中偶像上吊、服毒。

据报道，《流星花园》播出后，太原某中学少数学生模仿剧中的F4，身着奇装异服结伴出入，上课时与老师顶嘴，想来就来，想走就走。他们在学校内打骂同学、辱骂老师、借钱不还、调戏女生，被师生们称为"春秋五霸"。因此有评论说：《流星花园》一时成为"校园流感"。

为什么会这样？难道都是传媒惹的祸？

在传媒丛林里，我们怎样才能不迷路？在信息海洋里，我们如何能够不溺水？怎样取舍、如何处理自己需要的信息？怎样区分"传媒真实"与"客观真实"？传媒与社会是如何相互影响的？传媒是通过何种手段产生影响的？不同传媒如何生存？有何特征？各用何种语言和表达技巧？如何不被传媒牵着鼻子走？或者说，我们如何成为自主的读者、听众和观众？

本套丛书正是希望帮助小读者们解决以上问题，在我们的头脑里装上净化媒介信息的"过滤器"。我们只有懂得传媒与社会的关系，才能主动地运用传媒表达自己、参与社会，做社会的主人翁。

导言：
走近报刊亭

　　在每天上学、放学的途中，你注意到街角、车站旁和学校大门外的那些报刊亭了吗？通常，天还没亮，这些报刊亭就会开张，一直到天黑之后才收班。每个报刊亭每天都在同时销售上百种花花绿绿的报纸和杂志。报纸通常是厚厚的一叠，上面都是密密麻麻的文字，也会有一些图片。杂志则多用手感非常好的纸张印刷，制作非常精美，翻开之后，里面也有很多清晰、好看的图片。为什么报纸和杂志如此不同？它们各自又有什么特点？

　　如果你观察得再细一些，就会发现报刊亭中大多数报纸的内容和样式每天都不相同，比如《北京青年报》、

报 刊 亭

《华西都市报》等，每天早上，它们都是一副崭新的面孔；而大多数杂志却通常要一个星期或者一个月才会改变模样，比如《少男少女》、《大众软件》等等。为什么报纸每天都有新鲜的内容给读者看，而杂志通常要隔很久才出一本新的？

如果你在报刊亭购买报纸或者杂志，会发现报纸的价格很便宜，四五十页的厚厚一叠可能只要1块钱或者几毛钱，而一本精美的杂志往往要十几块甚至几十块钱。同样是印刷出来的读物，为什么一份报纸的价格比一本杂志要便宜那么多？那么厚厚的一叠纸才卖几毛钱，岂不是亏本了吗？

如果你打开一份报纸，会发现报纸上的文章大多很短小，少则几十字，多则上百字，而且通常都被编排成一个个"豆腐块"；而打开一本杂志，却发现杂志里的文章都很长，有的甚至印满好几页。为什么报纸和杂志上的文章有如此的天壤之别？报纸上的文章是不是也可以登在杂志上呢？

解答上面的这些疑问，就是这本书所要做的事。

也许你没有意识到，我们每天的生活和报刊息息相关，无法分离。

举个例子来说吧。每天早上，爸爸坐公交车去上班的途中，可能就会在车站旁买上一两份报纸，在坐车的途中阅读。而妈妈的化妆柜上，或许就堆着一叠杂志，比如《知音》《读者》《服饰与美容》。上小学的时候，老师会推荐大家订阅《中国少年报》和《作文天地》；上了中学，同学们中间又开始传看《花溪》《读者》《少年文艺》。周末快到了，妈妈会提前买一份晚报，看看周末哪些商场和超市有商品打折或者促销活动。就连我们平时上新浪网、搜狐网，也会发现上面的很多文章内容都是"转载自××报纸"……

由此可见，我们的生活和报刊的关系是多么的密切呵！无论是学习、生活、娱乐、休闲，我们无时无刻不在从报刊上寻找相关的信息。

在重大的事件发生的时候，报刊的重要性就更加显著了。

你还记得我国"神舟六号"载人航天飞船成功升空的时候吗？报

有关"神六"的报道

刊亭里所有的报纸都被抢购一空，因为大家都很关心这个重大事件，而报刊上相关的新闻、评论就成为读者们深入了解这件事的重要来源。

不光是发生在中国的事，就连发生在外国的大事，报刊也会及时、准确地报道出来，让中国的读者们了解这个世界上究竟发生了什么，因为中国在世界上时时刻刻与其他国家发生着联系。比如，日本新首相上任、泰国政变、美国国会选举……报刊不仅让人们关注国家大事，也使人们关注世界的局势。

当然，如果你认为报纸和杂志的"任务"仅仅是报道新闻，那就错了，因为它们还有很多其他的"功能"。你听说过"一张报纸，抵得过三千毛瑟枪"这句话吗？它是法国著名的政治家、军事家拿破仑说的。为什么报纸能有这么大的力量？还有，也许你会注意到，在一份报纸中，除了新闻之外，还会有"副刊"和专栏。副刊并不刊登新闻，却有很多篇幅短小的散文、小说连载、读者来信等等。喜欢文学写作的读者，也会给报纸副刊投稿。由此可见，"报纸"不仅仅是单纯的"新闻纸"。

如果你是一个细心的人，或许会注意到，报刊上刊登的内容并不总是真实的，有的时候，报刊也会制造谎言，造成很恶劣的社会影响。比如，2006年10月份，法国的《共和国东部报》报道：大名鼎鼎的基地组织首领本·拉登已经死亡。这个消息震惊了全世界。可是短短几天之后，法国的情报机构就澄清，这是一则彻头彻尾的假新闻。

为什么报纸会刊登虚假的消息？这些虚假的新闻又会给社会带来哪些影响？我们又该以一种什么样的态度

来对待这些不负责任的消息和报刊呢？

　　如果你平时作文写得很好，或者你是学校校报、广播台的小记者，你一定很想知道真正的记者是怎样采访、新闻报道是怎样被报社"生产"出来的吧？还有，有的时候，你会在某些场合遇见正在采访的记者，如果他们现场采访你，询问你对某些事情的看法，你又该如何回答呢？

　　这些问题，都是我们每天和报刊打交道的时候会遇到的。而通过阅读这本书，你会找到答案。

目录

一　你会读报吗/001
　　正在发生的历史/001
　　信息大餐,何处下口/014
二　新闻就是东南西北/031
　　从事件到新闻/032
　　从消息到特写/049
　　从社长到记者/071
　　从真实到谎言/092
三　谁是报纸的衣食父母/119
　　越来越厚的广告页/120
　　"第四权力"还是"党的喉舌"/129
　　报纸会消亡吗/135
四　杂志就是大杂烩/142
　　杂志从哪里来/143
　　关键在于分门别类/152
　　《读者文摘》的财富帝国/177
结语　不确定的时代/181

你会读报吗

你知道吗？

★早在1000多年前的唐代，中国就出现了最早的报纸。可是那时的报纸和现在的报纸有着天壤之别。

★截至2005年7月，全中国一共存在1926份报纸，其中日报占了总量的一半。

★历史上许多大名鼎鼎的思想家、政治家都办过报纸，比如马克思、拿破仑，还有我们中国的毛泽东。

正在发生的历史

有人说，报纸记录的内容是"正在发生的历史"。为什么这么说呢?因为报纸通过新闻报道的方式,真实地记录社会的方方面面。因此,当你想了解这个社会、研究社会中存在的现象和问题,最直接的方式就是通过阅读报纸。

由此可见,报纸最重要的功能,就是为人们提供"信息"。这些信息可能是包罗万象的。新闻是信息,广告也是信息,就连报纸上刊登的读者来信,也是信息。

你或许会有疑问,除了报纸之外,还有很多其他的媒体,比如广播、电视、互联网等等。为什么只有报纸获得了"历史的记录者"的殊荣呢?这就要从报纸的诞生说起了。

从手抄到印刷

"报纸"作为一种传播信息的媒介,从诞生至今,已经有一千多年的历史了。我们中国,就是全世界最早出现报纸的地方。

在唐代,中央政府和各级地方政府之间互相传递信息,主要依靠一种手抄的媒介——"进奏院状"。到了宋代,这种记录和传播信息的媒介发展成了"邸报"。"邸报"的存在一直延续到了清代。

在16世纪的意大利威尼斯,也出现了具有报纸模样的"手抄小报"。不过和我们中国的"邸报"不同,威尼斯手抄小报并不是记录和传递官府信息的,而是有专门的"商人"来搜集社会各个方面的消息,并以此为生。那些想了解新闻的人,需要支付一个"格塞塔",也就是一个铜板。后来,"格塞塔"这个词,就成了欧洲早期报纸的代名词。

也许你注意到了,无论是在中国还是在外国,早期的

毕　昇

报纸都是手抄的。这就意味着信息传递的速度非常慢。比如，一个人要花几个月的时间来搜集社会上的新闻，然后再用手一份一份地抄写出来，再一张一张地送给需要的人。所以当人们得到某个消息的时候，很可能这个消息已经是几个月甚至一年之前的了，只能算是"旧闻"，不能算是"新闻"了。

学过历史课以后，我们知道活字印刷术是我们中国的四大发明之一。在1000多年前的北宋时期，一个叫毕昇的人最早发明了泥活字印刷。不过遗憾的是，这门技术并没有被我们的祖先广泛应用。后来，印刷术逐渐传播到了外国。在1450年前后，德国的一个名叫古登堡的工匠成功地研制出了印刷机，大大提高了印刷的质量和效率。从此以后，报刊的发展进入了腾飞时期。

印刷机究竟给报纸的发展带来了哪些重大的改变？相信大家都能想象得出来。

报纸印刷和传播的速度大大地增加了。机器印刷的速度当然比手抄快多了！人们获得的消息，不再是一年半载之前的，而是十天半个月之前的。虽然还是不能和现在的速度比，可是已经是巨大的进步了。

由于印刷技术的不断改进，报纸开始以一定的周期出版。最开始是一个月一期,后来逐渐变成一周一期,直到17世纪,出现了每天出版的日报。这时候报纸的模样,基本上就和我们现在每天读的报纸差不多了。

由于近代中国在科技和社会发展程度上远远落后于西方,所以尽管中国是报纸的诞生地,进入近代以后,中国报纸的发展速度却已经远远落后于西方了。直到1815年,才在东南亚的马六甲,出现了近代历史上第一份中文报刊,而且还是由外国人创办的。这时候的中文报刊,其实根本还算不上是"报纸",而是更像我们现在所说的"杂志"。报刊上的内容主要是对基督教的传播,并不是报道新闻。因为我们中国国情的特殊,中国报纸的发展速度也比西方缓慢。

也许你注意到了,报纸的形态和发展并不是孤立的,而是和一个国家的社会、政治、经济和文化的状况密切相关。

中国旧报纸的版面

即使在今天，每个国家报纸的种类、数量也都各不相同。

除了传播信息，报纸还曾为历史的发展和社会的进步发挥过举足轻重的作用。关于这一点，我们在后面会谈到。

现在，你该知道为什么报纸被称为"历史的记录者"了。不仅因为报纸的发展伴随着历史的发展，更因为报纸本身有很多技术的特征：第一，印刷在纸上的内容容易保存，即使过了几百年，人们还是可以阅读；第二，用文字和图片记录，方便人们阅读和编辑整理。正因为如此，很多历史学家都有剪报的习惯，他们把自己感兴趣的报道和对重大事件的报道裁减下来并分类整理收集，成为珍贵的史料。很多人做历史研究，就是从翻阅过去的报纸开始的。

可以说，报纸的发展历史，就是科学技术和社会文明发展的历史。报纸作为社会整体的一个组成部分，不但记录历史，同时也在创造历史。

报纸有哪些种类

我们前面提过，在报刊亭销售的报纸中，大部分都是每天出版的，可是也有一些报纸是每个星期才出版一次，如大名鼎鼎的《南方周末》、《体坛周报》。有些报纸在全国各个地方都能买到，如《人民日报》、《中国青年报》；可是有些报纸却只在某个城市或者某个地区才能买到，如你所在城市或地区的《xx晚报》、《xx都市报》。这又是为什么呢？这就涉及到报纸的分类问题了。

第一种分类方式，是按照报纸的出版周期来分。每天出版的报纸,我们称之为日报;每周出版一次的报纸,我们称之为周报。当然,还有一些出版周期不是那么固定的报纸,如校园里同学们自己办的小报。

在所有种类的报纸里,日报的数量最多,大概占了报纸总量的一半(49.7%,据中国人民大学教授喻国明2005年的统计数据)。我们所熟悉的《人民日报》、《光明日报》、《中国青年报》等都是日报。除了每天早上出版的日报之外,还有一种很特殊的每天下午或傍晚出版的"日报",也就是我们常说的"晚报",如北京的《北京晚报》、上海的《新民晚报》、广州的《羊城晚报》等等,都是有名的晚报。

日报有一些很显著的特点:第一,刊登的文章都很短,绝大多数内容都是近一两天内发生的新闻;第二,通常都是厚厚的一叠,而且每个版面都有不同的主题,有的是"国际新闻",有的是"社会新闻",有的是"副刊",有的是"广告";第三,文章大部分都是由报社的记者撰写的,但也有少数文章的署名是"某某评论家"、"某某特约撰稿人"。

除了日报之外,周报也不少。比如大家都很熟悉的《南方周末》、《外滩画报》等等。这些报纸每周出版一次,无论在形式上还是在内容上都和日报有所不同。比如,周报上刊登的文章都比较长,通常都不是对近日内新闻事件的报道,而是对某些重大事件的分析和评论。有些周报,如《周末画报》、《外滩画报》,不但登载文章,还有很多精美的图片。周报的价格通常比日报贵不少。说得更准确些,周报是介于"报纸"和"杂志"之间的一种媒介。

《外滩画报》封面

第二种分类方式，是按照发行的范围来分，报纸可以分为全国性报纸和地区性报纸两大类。

全国性报纸就是在全国各地都能买到或读到的报纸。比如我们中国共产党的机关报《人民日报》，就是全国发行的。我们熟悉的《中国青年报》、《中国少年报》等，也都是全国性报纸。

不过，全国性的报纸并不多，数量最多的还是地区性报纸，也就是只在某个城市或地区发行销售的报纸。比如北京的《北京青年报》、上海的《文汇报》、武汉的《楚天都市报》等。地区性报纸之所以这么发达，是因为人们在阅读报纸的时候，都在不自觉地遵循着一种"接近性原则"，也就是说人们通常对自己周围发生的事情更感兴趣。比如，一个普通的北京人，是不会关心上海的某个弄堂里发生了什么事情的。当然，现在大多数报纸都有了网络版，对其他地方的事情感兴趣的人，可以通过网络来阅读那个地方的报纸。

第三种分类方式，是按照内容将报纸分为综合类报纸和专业类报纸两种。

综合类报纸的种类非常多，你每天读到的大多数报纸都是综合类报纸。这类报纸不光报道国内新闻、国际新闻、社会新闻、娱乐新闻，还有副刊、评论等非新闻栏目，其内容涉及方方面面，是不折不扣的"大杂烩"。

而专业类报纸，顾名思义，就是关于某个社会领域或给某个专业领域内的人读的报纸。比如，《体坛周报》是专门报道各类体育新闻的报纸；而《科学时报》则是报道与科学相关信息的报纸。同类的报纸还有《法制日报》、《金融时报》等。专业类报纸虽然不像综合类报纸那样内容丰富，但是因为其专业性很强，因此对有特殊兴趣和需求的读者来说，读专业类报纸往往更觉过瘾。

其实，报纸还有很多种分类方法。怎么分类并不重要，重要的是一张报纸要能够准确定位好自己的目标读者，这样才能取得最好的效果。通常，我们根据一张报纸的名称，就能基本判断出这张报纸的大概类别。比如《法制日报》，一定是一份跟法律、法制内容息息相关的日报；《环球时报》，则是跟外国新闻、国际新闻相关的报纸。当然，这也不是绝对的，比如《南方周末》的名称里虽然有"南方"两个字，但其实这份报纸是一张全国性的报纸。

熟悉了报纸的分类，我们才能够根据自己的需求寻找并阅读适合自己的报纸。

报纸有什么作用

前面曾经说过，报纸的主要功能是记载和传递信息。是不是报纸只有这一个功能呢？答案当然是否定的。其实报纸在国家、社会和我们的日常生活中有很多功能，无时无刻不在影响着我们的思想和行动。

那么报纸究竟有哪些功能呢？

第一，提供信息。这是报纸最基本的功能，也是最直接的功能。在没有广播、电视和互联网的年代里，报纸几乎是人们了解外部社会的唯一信息来源。报纸的诞生使人们对世界的了解不再局限于自己周围的这个小圈子、小群体。通过报纸人们可以知道发生在另一座城市、另一个国家里的事情。

有人说，我们现在所处的时代是信息时代，要想在社会竞争中成功，必须要善于掌握和利用各种信息。而报纸作为一种重要的信息传播媒介，发挥了举足轻重的作用。那些大企业的CEO，政府机关的决策者等，每天都要读报，了解社会上发生了什么事，有什么新的潮流和趋势。就连美国总统，每天读报也是必修课。只有掌握尽可能多的信息，做决定的时候才能足够"清醒"。

不过近些年来，随着电视和网络的冲击，报纸在传递信息这方面已经越来越没有优势了。首先，电视和网络的传输速度远远胜过报纸，所以在传递信息的速度上报纸无法与电视和网络相抗衡；其次，电视和网络都是音形并茂的多媒体，因此报纸内容在形式上的吸引力也无法与电视和网络相比。在举世震惊的"9·11事件"报道中，电视和网络发挥了无可比拟的威力，很多人是通过美国的CNN电视台和我国香港的凤凰卫视电视台，及时了解整个事件的过程与动态的。所以，如何应对新媒体的挑战，成为报纸工作人员和经营者们眼下最为关注的问题。

第二，教育公众。对于报纸的这个功能，你可能会有疑问了：报纸又不是学校，报纸上又没有作文题、数学题，怎么能够起到教育的作用呢？这你就错了，因为所谓的"教育"是一个很宽泛的概念。语文、数学需要教育，社会道德、价值观也需要教育。举个例子来说吧，2004年6月，因为心理问题而杀害自己同学的大学生马加爵在海南的三亚落网，并被判处死刑，几乎所有的报纸都对这件事情进行了报道。表面上这只是一则令人震惊的社会新闻，可是通过报纸的报道和讨论，在群众中引发了关于生命的价值、大学生心理问题等全方位的关注和思考。在这个过程中，经过报纸等媒体的引导，人们会意识到自己过去曾经忽略的问题，并明白了强化自己心理素质的重要性。报纸在这个过程中是不是发挥了"学校"和"老师"的作用呢？

社会需有机制疏导学生心理

2004年3月18日《羊城晚报》

蒋　晨

马加爵终于被抓获。看到此消息，相信很多人都会松一口气，毕竟社会上又少了一个不安定分子。像马加爵这样罪大恶极的人落入法网当然是罪有应得。不过笔者还是为之惋惜，因为作为马家那样穷困的西部农村家庭出一个大学生有多么不容易，教训沉痛。

从报道中得知，马加爵杀人动机竟然只是因为被同伴怀疑打牌时作了弊，这就是他连续杀死四名要好的同学的缘由，真是让人匪夷所思。这说明当前对学生进行必要的心理教育和压力疏导显得非常迫切。

没有人天生就是杀人恶魔，也没有人天生就会想不开，能考上大学，足以证明他原来并没有偏离社会轨道很远，但是，某些人在受到一些刺激时很容易激起其性格上的异端。无论是自杀的还是杀人，其实原理都是一样的，只是表现形式不同罢了。因此，教育绝对不能只片面地重视分数，更要重视学生的个人素养和心理问题。

社会上免不了存在一些不良问题，如何正确地引导青少年学生尤为关键，这确实值得社会学家和相关部门认真思考，使我们的社会能够形成机制，让心理压力得到释放，矛盾得到疏导，把那些有心理疾病的人从"心灵死胡同"里给拽出来，不要让他们走向极端干出一些危害社会同时也葬送自己的蠢事。

"人之初，性本善"。从有关马加爵的成长过程的报道来看，他并非从小就坏，只是性格上有缺陷。如果班里有这样一个学生，老师、同学是否能多给予一点关注，大家伸手拉他一把，尽量把他融入到集体中呢？

还有前面提到的很多专业性报纸，本身就是介绍知识和传播知识的平台。比如《科学时报》，除了报道科技方面的新闻之外，还经常刊登许多科普性的文章，让人们正确地了解科学、应用科学，这不也是一种教育吗？

当然，对于报纸的教育功能要有清醒的认识，因为报纸传播的内容，并不总是好的。有些报纸对色情、凶杀信息极尽渲染之能事。这不但不能起到良好的教育功效，反而会让人们对社会产生反感、恐惧，甚至诱导人们去模仿。对于这样的报纸，我们当然要坚决抵制。

第三,协调社会。大家都知道,我国政府现在正在号召建立和谐社会,报纸等传播媒介在这个过程中无疑将扮演重要的角色。

不知道你是不是注意到了,每次国家召开重要会议或举办重要活动时,现场都会有许多国内外的记者采访。这些记者的任务,就是把他们看到和听到的重要信息传递下去,让国内外普通民众了解中国的国家政策、方针和发展方向。同样,人民群众如果希望表达自己对某些事情的观点和看法,也可以通过报纸来发表自己的见解,让其他人来共同探讨。如果很多人都关注某一个问题,那么这些人的观点在报纸的汇聚下,会形成"舆论"。很多时候,民众的舆论对于国家的发展和社会的稳定是非常重要的。

如果你是一个经常读报的人,就会发现很多报纸并不仅仅报道新闻,也会刊登很多诸如"社论"、"评论"、"专栏"等的文章。这些文章提供的并不是"事实",而是专家、学者、公众对"事实"的"解释"或"意见"。这些或相同或相反的观点彼此相互作用,形成不同的社会舆论。这些舆论使我们的社会更加多元化,从而更加全面地发展。

对于国家和社会的发展,报纸曾经发挥了重大的作用。你也许不知道,伟大的思想家马克思,曾经就是一位新闻记者。他主办过著名的《新莱茵报》,并通过它来传播自己的思想和理论。中国共产党的早期领导人中,也有很多参与办报,比如毛泽东、周恩来等,早年都曾亲自办过报纸,对他们来说报纸是号召革命、鼓舞群众的最佳助手。可见报纸对社会进步的作用多么巨大!

第四，提供娱乐。尽管报纸具有教育公众的功能，但是如果你认为报纸只是一个板着面孔教训人的"老师"，那你可想错了。报纸之所以受到人们的欢迎，很重要的一点是因为报纸每天都在发挥着让人们心情放松、为人们提供娱乐的作用。

有很多报纸，尤其是周报，是不怎么报道新闻的，其主要功效就是为人们提供娱乐。比如现在很有名的《周末画报》，就是一份轻松愉悦的报纸。里面没有冷冰冰的新闻和说教，却有很多精美的图片、风趣隽永的文章。很多人在一个星期的忙碌之后买上一份读读，可以放松自己紧绷的神经。

不光这些专门的休闲类周报，就连很多综合性的日报，现在也越来越重视娱乐的功能。比如近些年兴起的都市报，在新闻报道的时候就非常重视对社会新闻、娱乐新闻和逸闻趣事的报道。这些不是那么严肃的报道，我们称之为"软新闻"。相信你一定还记得2005年包括报纸在内的所有媒体对"超女"的大规模报道，实际上就有很强烈的"娱乐"因素。

当然，我们也必须清醒地看待报纸的娱乐功能。人当然是需要娱乐的，尤其是生活在忙碌、拥挤的大城市中的人。可是报纸的娱乐功能毕竟是辅助功能。作为一种信息传播工具，报纸的主要使命还是报道新闻、引导舆论、传播知识。有些报纸为了吸引眼球、获取商业利润，不惜牺牲新闻的真实性原则，大揭名人隐私，对很小的事件进行恶意的炒作。这样不仅不符合社会的道德规范，严重的时候还会触犯法律。

可以说，从诞生之日开始，报纸就被人们赋予了崇高的社会使命。作为历史最悠久的大众传播媒介，报纸为人类社会的进步发挥了巨大的作用。欧洲的启蒙运动、中国的新文化运动、孙中山和毛泽东领导的社会革命……一切重大的社会变革，都曾利用过报纸强大的传播、协调功能。西方有些学者甚至声称：只有报纸现代化了，一个国家才能真正实现现代化。

当然，报纸本身只是一个工具，如果被心术不正的人利用，也会给人类带来巨大的灾难。第二次世界大战时期，德国法西斯首领希特勒就利用报纸对战争进行大肆的宣传，给人们"洗脑"，让人们失去独立思考和判断的能力。在中国，"文化大革命"时期，"四人帮"利用报纸大造舆论，迫害正直的干部和群众，使人民陷入沉痛的灾难之中。这些历史，都应当引起人们的警戒。

信息大餐，何处下口

有人把报纸比作我们的"精神食粮"，这个比喻其实是很形象的。想象一下，每天早上，我们打开一张当天出版的日报，阅读里面的各类报道、各种言论，这不就是在享用一套丰盛的信息大餐吗？在"餐桌"上，我们挑选自己喜欢吃的"菜肴"，细细地品味；遇上不喜欢吃的，我们尝一口，就不再理会；有些"菜"看上去很漂亮，吃到嘴里却并不可口；有些"菜"则是色香味俱全，让人流连忘返……

报纸每天就是这样"喂养"着我们的精神和大脑，让我们了解外边的世界，不会因信息匮乏而"饥饿"。

可是,不知道你有没有过这样的感受,面对这样一大桌"信息大餐",自己会有些不知所措,不知究竟应该从何处下手。

如今是一个信息爆炸的时代,今天一个人一天接收的信息总量,几乎相当于200年前一个人一辈子接收的信息总量。很多人面对铺天盖地的信息手足无措。不要着急,在这一节里,我们将从一张具体的报纸出发,告诉你怎样来吃报纸这套"信息大餐"。

新闻是主菜

在每天出版的日报中,新闻的分量无疑是最重的。很多人会每天购买报纸,最主要的目的就是阅读新闻。人们评价一份报纸办得好还是不好,主要也是看这份报纸是否能够及时、充分地为读者提供新闻。所以,新闻报道,无疑就是"信息大餐"的主菜了。

可是每天发生的新闻千千万万,如果都凌乱地堆放在报纸上,估计"顾客"们会愤怒地拍桌子离开。所以,报纸会对每天的新闻进行简单的分类,把不同类型的新闻放在不同的版面上,这样,人们想要了解什么新闻,一目了然,只需要到那个特定的版面上去寻找就可以了。

一般来说,报纸对新闻的分类都是比较固定的,包括要闻、国内新闻、国际新闻、本市新闻、社会新闻、文化新闻、娱乐新闻、体育新闻……这个分类法其实并不十分严谨。比如,"要闻",既可能是国内新闻,也可能是国际新闻,也可能是本市新闻;而"国内新闻",自然也会包括国内的文化新闻、体育新闻等等。不过你也要明白,报纸对新闻进行分类，目的是为了给人们阅读提供方便，并不是为了建立一套严格的系统。比如说，如果你对体育很感兴趣，你很想知道美国NBA球队的最新战况，那么你可以直接寻找"体育新闻"版，不必管它究竟是"国外"还是"国内"；如果在世界上发生了一件非常重大的事件，比如2001年的"9·11事件"，全世界人们都很关心，买了报纸之后，直接看"要闻"版，因为这样重大的新闻一定在"要闻"版里，你也不必去理会它是"国内"还是"国外"。

知道了报纸是如何将新闻进行分类，你就可以随心所欲地寻找自己感兴趣的内容来阅读了。可是随之，问题又来了。也许你会发现，虽然报纸的编辑们将新闻进行了分类，可是你面对的信息还是太多了。比如说，在一张报纸里，"社会新闻"可能就占据了六七个版面，里面包含了几十条新闻。如果都读一遍，恐怕要花费很多时间。如果你想对报纸报道的所有新闻都有所了解，那简直就是一个不可能完成的工程了。怎么样才能在最短的时间内搞清楚究竟发生了什么呢？这就涉及阅读新闻的一些技巧。

下面我们来看一则完整的新闻：

联合国公布年度最宜居住国排名
挪威名列榜首

2006年11月10日《京华时报》

中新网纽约11月9日电　据路透社报道，联合国于九日公布的年度最宜居住国排名中，北欧国家挪威连续第六年名列榜首，名列前五名的其他国家分别为冰岛、澳大利亚、爱尔兰和瑞典。

北美国家中,加拿大列第六、美国排在第八。亚洲国家日本名列第七、新加坡第二十五、韩国第二十六。中国今年排名第八十一位。排名倒数前三的国家都来自非洲,分别是尼日尔、塞拉利昂和马里。

从1990年始,联合国每年都会根据人类发展指数对各国适宜居住水平进行排名。其参考的数据包括人均寿命、高等教育水平、医疗福利、人均国民生产总值等。今年参评的国家一共有一百七十七个。

这则新闻只有三段内容,却有一个很长的标题:"联合国公布年度最宜居住国排名 挪威名列榜首"。这和我们平时写作文时使用的简短、概括的标题完全不同。为什么新闻的标题这么长呢?其实这里面是大有学问的。

大家都知道,人们每天阅读报纸的时间,集中在上班、下班的路上,这个时间是非常短的,可能只有十几分钟,或者几十分钟。而报纸每天报道的新闻却非常多。如何让读者能够在有限的时间内了解更多的信息呢?从报纸诞生的那一天起,记者和编辑们就一直在思考这个问题。

早期报纸上的文章,和今天我们看到的完全不同。在报纸发展的历史上,经历过两个重要的时期,一个是"政党报时期",一个是"廉价报时期"。

最初,人们并没有把报纸当作报道新闻的媒介,而是当作一种宣传政治思想的媒介。尤其是在近代的资产阶级革命时期,报纸成为政治家和政党互相竞争和互相攻击的工具。政党出钱供养报纸,然后在报纸上连篇累牍地发表自己的观点、攻击对手。这个时候的报纸,基本上是一种革命和斗争的工具,对于普通民众来说,没有什么阅读的乐趣。

1830年,在美国出现了第一张"廉价报",这就是由本杰明·戴创办的《太阳报》。这份报纸价格非常便宜,只卖一个便士,所以又叫"便士报"。廉价的《太阳报》拒绝其他政党和财团的资金,面向普通大众,报道人们关注的新闻、趣闻,很快就得到了人民大众的欢迎。于是,这种价格便宜、以新闻为主的报纸迅速地流行了起来,很快成为报纸中的主流。

由于廉价报不接受政党和财团的资金,所以就要想办法自己挣钱。挣钱最直接的方式,就是尽可能满足所有读者的口味,让更多的人来购买报纸。而人们的阅读口味是千差万别的,所以报纸必须想办法在有限的版面里容纳尽可能多的新闻。显然,过去那种拖沓、冗长的报刊文体变得不合时宜了。一种崭新的、高效的、适应人们阅读习惯的文体很快就诞生了。

咱们回到上面这则报道,如果你仔细阅读了全文,你会发现,其实那个长长的标题"联合国公布年度最宜居住国排名 挪威名列榜首"已经把这则新闻中最主要或最重要的内容给概括出来了。读了标题,你至少知道发生了什么事:联合国为世界上的国家排了个名,选出了最适宜居住的国家,那就是挪威。虽然只有不到20个字,但是意思表达得很完整,很清晰。

如果你对这则新闻很感兴趣,你一定会觉得标题的内容太简略、太概括了。比如说,联合国什么时候排的这个名次？是昨天、前天、还是一个月以前？挪威排在第一位，那么排在第二位、第三位、第四位的是哪些国家？尤其是，我们中国排在第几位？

如果你需要对这些疑问作出解答，那么你就要接着读第一段。在这一段里，记者把标题高度概括的内容展开了，变成了一个完整的事件。我们不仅知道了时间（11月9日），还知道了排在前几位的国家的情况。读了这一段，你对这则新闻的来龙去脉，基本就已经清楚了。

你一定很关心我们的国家排在第几位，那么再接着往下看，下一段里写道"中国今年排名第八十一位"。

读到这里，或许你对这则新闻的好奇心都已经满足了。可是有一些细心的、爱思考的读者又有疑问了：这个名次是怎么排出来的？都有哪些国家参加了排名？这些内容，我们称为新闻事件的背景信息。在这则新闻的最后一段，我们对这些相关的背景信息也有所了解了。

由此可见，报纸新闻各个段落之间的顺序，并不是按照时间来排列，而是按照"重要性"来排列的。也就是说，位置越是靠前的内容，就越重要、越能满足人们的好奇心和阅读兴趣；而靠后的内容则更多的是和事件的背景有关，并不是新闻事件的关键。

你也许会说，这样的安排不是太混乱了吗？如果仔细想一想，你会发现其实这样的安排是非常科学的。由于新闻的内容次序是按照重要性来排列的，对于忙碌的人们来说，只读前面一两段，就已经对事件有个清楚的了解了，后面的内容即使不看，也不会影响自己的理解和思考。如果对这则新闻没什么兴趣，可以干脆只扫一眼标题,知道个大概,也就足够了。这就节省了人们宝贵的时间和精力。当然,如果这则新闻特别感兴趣,你可以把它读完,这样你对这个事件的来龙去脉、前因后果都会有一个清晰的了解。这样,所有人的需求都得到了满足。

在生活中,有些人只是草草地把报纸翻一遍,就对主要的新闻了然于胸;而有些人捧着报纸看了几个小时,也看不出什么名堂来。这就是会读报和不会读报的人的区别。这种区别的关键,就是看读报人是否清楚新闻报道的特征。

这种新闻报道的方式,在新闻学里,被称为"倒金字塔"结构。我们在后面的章节里会详细介绍。

评论是辅料

如果从头到尾仔细读完一张报纸,你会发现除了新闻之外,报纸还有很多其他的内容。而且在很多时候,这些内容所占的版面数量并不比新闻少。其中很重要的一类,就是评论。

在解释什么是"评论"之前,我们先来看一个例子:

运动员的身份可以灵活些

2006年11月11日《新京报》

国家体育总局日前表示,由于备战奥运任务艰巨,现役运动员包括明星运动员禁止参加任何社会活动。对于这一禁令,北京奥组委顾问、前中国奥委会秘书长魏纪中明确表示支持该禁令,而且表态说,十分讨厌运动员代言商业活动。(11月9日《新京报》)备战奥运,对于国家体育总局而言,自然是头等要事,况且2008年奥运就在北京举办,成绩自然显得十分重要。而且奥运会作为弘扬普世性的体育精神,以及塑造国家认同的国际体育交流活动,体育总局理应慎重对待。

目前而言,中国的绝大多数运动员仍然隶属于国家事业单位,因此身份上依附于政府行政体制。从这一点而言,运动员的活动有理由受到行政部门的指令限制。以刘翔为例,为了备战奥运,国家投入了大量的费用在科研保障以及训练和出国参赛上,如此高密集型的国家投入,自然期待在大赛上有成绩回报。

应该说,明星运动员依赖于这样一个由国家投入的体育行政机制之上,获利最大,而且他们也可以进入体育市场来谋得另外一份利益,对于他们而言,暂时听从安排也符合个人长期利益。但是对于其他现役运动员而言,国家在他们身上投入相对少,而他们也很少有机会参与体育市场化的运作,他们还要面临退役后的生活问题。因此,在禁令后面,普通运动员却可能要承担更多的风险,对于他们而言,市场化越发显得重要,而体制却常常要求他们保持距离。

事实上,很多国家是把体育纳入到产业化的模式下来运作的,因此大部分国家都采用体育经纪人制度,让运动员一开始作为劳动主体进入体育市场。对于职业足球以及职业篮球运动员而言,这些制度尝试在国内已经开始慢慢往类似方向发展。国家或许可以将体育发展权尽量下放到各民间体育协会,以社会化的体育社团作为最终选拔优秀运动员的来源,一则将运动员的风险从一开始就分散在民间，参与民间体育社团的运动员可以根据情况选择进入和退出，这样也给予他们以更多的自由选择权。

这就是一则典型的评论。如果你将这篇评论和前面举例的新闻相比较，就不难发现两种文体的差别了：新闻是对事件的"记录"、"报道"，而评论是对事件的"议论"、"评价"。

报刊上的评论可以分为很多种，比如你听说过的"社论"、"编者按"、"专栏评论"等。其实不同种类的评论在形式上的差别并不大，只是作者的身份不同而已。"社论"通常是由报社的高层领导如总编辑、社长等写的；"编者按"则是编辑写的，通常放在某一则新闻报道的后边，表明编辑人员的观点；"专栏评论"通常是报社聘请专栏作家写的，这些专栏作家可能是各个领域的专家、学者。评论的作者，通常都具有一定的"专业性"，他们要么是新闻界的资深人士，要么就是在其他行业取得了很大成就的人。不过，有些报纸也会从普通读者的投稿中选择有观点、有新意的评论文章发表出来。

为什么报纸上要刊登评论呢？把新闻提供给大家不就可以了吗？

当然不是这么简单的。还记得前面说过的报纸的功能吗？其中有一项就是"协调社会"。新闻的特点是准确地报道事实，却并没有告诉人们什么是对的，什么是错的。而实际上，每个人读到一则新闻的时候，都会有自己的思考和判断。可是我们这个社会毕竟是有价值和道德标准的，报纸不仅应当让人们阅读、学习，还应当让人们彼此交流自己的观点和思考，通过交流、讨论，人们明白什么是对的,什么是错的,什么是应该的,什么是不应该的。这就是评论的作用。

可是,这就又有了一个疑问:难道那些在报纸上写评论的人就一定都是对的吗?如果他们错了怎么办,难道所有人都跟着一起错吗?

为了杜绝这样"一边倒"的情况出现,几乎所有的报纸都采取了一项措施:那就是请来自不同行业、拥有不同背景、不同价值观的许多人写评论。这些人的观点可能各不相同,有的时候甚至会有尖锐的冲突。这样,读者就能在不同观点的评论中看到一件事情的不同方面,从而对事件有更加全面的理解,做出正确的判断。

评论是人们通过报纸发表自己观点的重要途径。这使得报纸不仅仅是"新闻纸",还是"观点纸"。在历史上,很多政治家、文学家都是非常优秀的评论家。比如维新变法的先驱梁启超就是一个评论高手,他曾经撰写了大量评论,和反对变法、顽固保守的政敌论战;伟大的文学家鲁迅先生,一生写了大量精彩的杂文,内容包罗万象:政治、文化、文学、艺术……这些杂文最初都是发表在报刊上的,是正宗的评论。

我们阅读评论的时候,要做到两件事:

第一,要保持冷静和清醒的头脑。为什么这么说呢?因为评论家们为了表达自己的观点,通常会采用丰富多彩的论证技巧,举出很多例子,甚至用慷慨激昂的语言来表达。我们要善于透过这些写作和论辩的技巧来把握作者的意图。他(她)究竟想表达什么观点?他(她)对这个事件是赞成还是反对?他(她)是否提出了解决的方法?只有把这些分析清楚了,才算是真正读懂了一篇评论。

第二,要综合各方面的观点,形成自己的见解。报刊评论文章通常都是各执一词,每个人都有自己的立场。比如对于"超女"这类选秀活动,有的人赞成,有的人反对,赞成的人有自己的理由,反对的人也有自己的理由。有些人的观点甚至非常偏激。这个时候,你就要综合了解各方的观点,在这个基础上形成自己的见解。只有这样,你的思考才是成熟的、合理的。

还记得前面说过报纸有教育的功能吗?其实通过阅读和分析报刊评论,让自己独立思考问题,也是报刊对我们的一种教育。

副刊是饭后甜点

在国外吃西餐,饭后都会有一道"甜点",通常是水果蛋糕或者冰淇淋,为的是用甜食调剂一下人们的口味。在报纸"大餐"中,也有这样一道"饭后甜点",那就是副刊。

所谓"副刊",自然就是和"正刊"相区分开来的。在诞生之初,副刊只是报纸的一个可有可无的部分。有的时候,报纸的编辑偷懒,搞不到好稿子,就胡乱编一些关于养生、戒赌等内容的小文章凑数,这就是副刊的雏形。后来,中国的文人们发现副刊其实是一个可以大有作为的阵地,于是副刊迅速地繁荣起来,成为传播新思想、新文学的阵地。你也许不知道,大名鼎鼎的诗人徐志摩,就曾经亲自担任过副刊的编辑。在旧中国,很多报纸"正刊"的内容很枯燥,或者谎话连篇,可是副刊却大放异彩,很多大文学家、大思想家都为副刊写稿。鲁迅先生的小说、散文和杂文,很多就是最先在报纸的副刊上发表的。

在国外,是没有"副刊"这个概念的,不过几乎所有的报纸都有文学增刊、艺术增刊、教育增刊或者科普文章栏目。这些跟文艺、社会、科普有关的不是新闻的内容,其实就是副刊。

现在的报纸上,副刊仍然很好地保留着,只不过有些报纸并不明确地标明"副刊版"。比如,《新京报》的"书评周刊",《北京青年报》的"广厦时代"等,其实都是副刊。

由此可见,副刊虽然是"副"的,但是对于一张报纸来说,是绝对不能缺少的。你想啊,如果翻开一张报纸,里面都是硬邦邦的新闻、板着面孔的评论,时间长了谁还爱看啊? 更何况,很多人买报纸、读报纸,其实并不是为了学习,而是为了休闲。副刊,就是人们休闲、娱乐的绝佳载体。

不知道你有没有注意到,每天出版的报纸(也就是日报)其实也分为两种,一种是在早上出版的,我们称之为"早报",或者干脆就叫"日报";还有一种是下午或傍晚出版的,我们称之为"晚报"。你也许会有疑问了:每天的重要新闻,早上的报纸都已经刊登过了,还有人去读晚报吗?

实际上,在我国,很多晚报的销量甚至比早报高很多。比如《北京晚报》、《新民晚报》、《羊城晚报》等,都有非常庞大的读者群。这是为什么呢?其中副刊扮演了非常重要的角色。

因为晚报是下午出版的,很多人在下班的时候会买上一份。经过一整天的工作,疲惫的人们更希望能够读到一些有趣的东西,而不是那些严肃的重大新闻。所以,大部分晚报都十分重视副刊的功能。在副刊上，除了刊登内容或诙谐或清淡或隽永的短文，还经常刊登一些通俗小说、书评、填字游戏、幽默笑话、漫画等。这些轻松的内容让劳累了一天的人们得到了休息和放松，所以大受欢迎。

如果你是一个热爱文学、喜欢投稿的人，那么副刊绝对是你大显身手的地方。想一想，如果你写的作文被报纸的编辑看中，刊登出来，有成千上万的人读到，这是一种怎样的自豪感！事实上，很多大作家都是从副刊投稿开始出名的。你也许听说过通俗小说家张恨水吧？他的小说在民国年间非常流行，《金粉世家》等名作还被拍成了电视剧。这位大作家的作品，最初就是发表在副刊上的。

当然，虽然副刊有这么多的好处，它毕竟只是报纸的一个辅助部分。对于一份报纸来说，最重要的还是新闻。近些年来，由于杂志、网络、电视的兴起，报纸副刊的娱乐功能已经越来越弱了。很多报纸甚至取消了副刊。所以尽管副刊更有"亲和力"，我们在读报的时候还是不要本末倒置的好。毕竟报道新闻才是报纸的"本行"。而休闲、娱乐的内容，我们可以在杂志、电视等其他媒体上找到。

不要"挑食"，也不要"暴饮暴食"

所有人都知道，我们在吃饭的时候要注意营养均衡，不能挑食，也不能暴饮暴食。这些原则，也同样适用于报纸这道"信息大餐"。

人体的健康，是由多种营养元素均衡搭配形成的。如果对某些营养摄取过量，或者对某些营养一丁点都不摄取,人体就会患上各种疾病。同样道理,如果我们在阅读报纸的时候,一味地只对某一些特定的内容读得津津有味,"暴饮暴食",对于其他视而不见,那么就会引起我们价值观、世界观的"营养失衡"。

这么说起来,可能有点抽象,我们还是来举个例子吧。

你也许听说过一句有趣的俗语:"狗咬人不是新闻,人咬狗才是新闻。"意思是说:只有那些反常的、让人吃惊的事情才是新闻。这句话虽然并不能揭示新闻的本质,却也有一些道理。事实上,报纸上报道的很多新闻,都是带点"骇人听闻"性质的事件。

比如下边这则报道:

精神抑郁女子为寻求刺激盗窃财物

2006年11月12日《京华时报》

本报讯 (记者刘甲 通讯员罗飞) 周某精神抑郁,竟在美容院内屡屡偷窃财物,称这样很刺激。11月8日,海淀检察院根据精神病司法鉴定书对周某作出不予批捕决定。

周某的家境并不困难。7月21日下午,周某在海淀区一家女子美容院做完美容准备换衣服离开。当周某拿出更衣箱的钥匙准备换衣服时,她好奇地将钥匙插进了别人的4号箱,竟然将4号箱打开了。周某偷了4号箱顾客的2000多元现金后离开。此后,周某又接连用自己的钥匙打开4号箱进行盗窃。

周某落网后说:"我家不缺钱,就觉得这事挺刺激的,控制不住自己。" 精神病司法鉴定确认周某处于抑郁状态,属限定刑事责任能力。检察院根据周某情况,对她做出不予批捕的决定。

这就是一则典型的"人咬狗"新闻。一个精神失常的人,做出了与常人不同的事情,导致了与常理不同的结局。

这算是新闻吗?当然算,而且是一则很典型的新闻(关于新闻选择的标准,我们在后面的章节中会讲到)。可是这样的新闻对于我们认识世界、了解世界、进而独立思考和分析外面的世界,有意义吗?

一位名叫夏德森的社会学家曾经说过,新闻分为两种,一种是"故事",一种是"信息"。"故事"模式的新闻满足的是人们的好奇心,而"信息"模式的新闻满足的是人们的求知欲。通常,在一张报纸中会同时存在"故事新闻"和"信息新闻"供人们选择。有的时候,报纸为了吸引读者的眼球,会故意刊登很多"故事新闻",比如报道大量关于犯罪、名人隐私、小道消息、流言蜚语的内容。这些内容虽然也算是新闻,但是如果我们只关心这些事情,无疑是会妨碍我们对世界的正确观察和理解。

美国有一位学者叫李普曼,他曾经说过:其实我们每一天所生活的环境并不是真实的"自然环境"和"社会环境",而是由报纸、杂志、电视、网络等媒体共同构建的"媒介环境"。难道不是这样吗?你每天知道的事情、学到的知识,难道不都是从书本、报纸、电视、网络这些媒介上获得的吗?

正是因为如此,我们就尤其要懂得如何利用这些"媒介"，使自己既获得了需要的信息，又不会被一些浮躁的、虚幻的内容所误导。

如果某张报纸过多地报道这些"人咬狗"的新闻，而不注重对重大社会问题、国际问题、国家政策等的报道，那么这张报纸就是一张不负责任的报纸。如果我们平日只关注这种耸人听闻的消息，而不关心国家大事、国际动态，长此下去，我们不但会变得迟钝、麻木，而且会逐渐丧失独立思考和正确判断的能力。

在100年前的美国，曾经兴起过所谓的"黄色新闻"。各家报纸为了争夺读者，不惜大量报道低级、庸俗的新闻，而且还利用报纸强大的舆论力量来煽动战争、教唆人们刺杀自己不支持的总统。这是美国报刊历史上一段非常黑暗的时期。这种新闻虽然暂时满足了人们的好奇心，可是长期下去，人们就逐渐对社会形成错误的认识，以为自己生活的环境就是一个犯罪猖獗、道德沦丧的社会。当这种心理成为一种普遍现象，整个社会就陷入互相猜忌、人人自危的状况。这对国家的发展、社会的和谐、家庭的和睦无疑是极其不利的。

后来，美国社会各界的代表聚在一起，成立了一个"哈钦斯委员会"，制订了一个纲领：《一个自由而负责的新闻界》。这个纲领对报纸的记者和编辑提出了很多要求和规范，为新闻报道确立了一个非常好的标准。很多记者在报道新闻的时候，都会用这些标准来要求自己，让自己的报道更加负责。

我们正处在一个娱乐化的时代。打开报纸，可能铺天盖地都是"超女"、"大长今"的报道，一个非常小的事情，也有可能被报纸小题大做,变成一条大新闻。这种趋势,我们称之为"新闻的娱乐化"。对于过度娱乐化的新闻报道,我们也要有清醒的认识:并不是所有的"大"新闻,都是重要的新闻。

有人说,报纸应该是社会的"守望者",报纸应该发挥"舆论监督"的作用。也就是说,报纸的使命是通过真实、全面的报道来让人们正确、冷静地认识世界,报纸应该及时地发现并反映社会中存在的问题,让人们引以为戒,并努力解决。

所以,我们都应该做"有责任心"的读者。不仅要正确地分辨哪些新闻是重要的,哪些新闻是娱乐化的、炒作的。只有如此,我们才能真正地让报纸成为自己的"良师益友"。

新闻就是
东南西北

你知道吗？

★报纸上的一则不到一百字的短新闻，其实是由十几个人，甚至几十个人协作"生产"出来的。

★很多人把新闻记者称为"无冕之王"，可是也有人把记者称为"狗仔队"。

★《新闻记者》刊物每年都会评选出"年度十大假新闻"，这些假新闻曾经刊登在公开出版的报纸上，有的还被选入了教科书。

从事件到新闻

有人说,新闻报道是一门艺术;也有人说,新闻报道是一项技能。无论人们怎样理解新闻,有一点是肯定的:那就是新闻报道是一项很专业的劳动,有自己独有的特色和标准。正因为如此,才有了"新闻记者"这个职业。这些接受过专业训练的新闻报道人员每天的工作就是与新闻打交道。

在第一章里,我们已经知道了报纸是如何诞生、如何发展成今天的样子的,我们还知道了拿到一张报纸的时候,应该从何处入手、怎样读。可是,这只是非常表面的感性的认识。世界上每天发生千千万万个事件,为什么有些能够成为新闻,有些不能?什么样的事件才有资格被记者报道,成为新闻?记者们又是如何精确地把一个个孤立的故事变成结构完整的新闻报道呈现给读者的?

这就是这一节我们要回答的问题。

事件=新闻?

新闻究竟是什么?这是一个学者、专家们历来争论不休的问题。

在西方,对于新闻的概念有一个非常有趣的解释。"新闻"这个词在英语里是"news",有人说这个单词里的四个字母,其实可以看作是四个方向的缩写:n-north(北),e-east(东),w-west(西),s-south(南),"新闻"这个词,也就是"东南西北"的意思。这个解释虽然有点牵强,却揭示了新闻的一个特点：新闻所报道的并不是某一个领域或某一个地方、某一个人的事，而是四面八方、社会各界、世界各地发生的事。

其实，"news"这个单词是从"new"（新的）这个单词变化来的。由此我们可以看到新闻所强调的另一个特征：新。

在我们中国，人们普遍认为新闻是对新近发生的事实的报道。这个定义，强调的也是这个"新"字。也就是说，只有新鲜事才能算是新闻，一百年前发生的事，不是新闻。

你也许注意到了，其实每一天报纸所报道的新闻，数量是非常有限的。可是在这个世界上，每分每秒都在发生着"新"的事。是不是所有的新鲜事都可以算是新闻呢？当然不是，否则每天的报纸就算印上成千上万页也印不完。

新闻记者和报纸编辑的重要工作之一，就是决定什么事件可以算是新闻，应该被报道；什么事件不算新闻，不应该被报道。

于是问题就来了：到底什么样的事情才算是新闻呢？记者和编辑们是依照什么标准来筛选新闻的呢？

要想理解这个问题，并不简单。我们先来做一个练习。下面列出的一些事件，你来判断哪些可以算是新闻，哪些不算。

事　件	是新闻	不是新闻
1.日本新任首相访问中国		
2.邻居家的狗走失了		
3.电影《夜宴》召开首映式		
4.北京市朝阳区要停水三天		
5.美国加利福尼亚州遭遇台风侵袭		

我们来逐个地分析这五个事件。

第一个,日本新任首相访问中国,显然是新闻,而且是一则"大新闻",或者说是一则"要闻"。为什么呢?因为日本是中国的邻国,和中国有密切的关系。日本的国家领导人来访问中国,是影响中日关系的大事,当然应该报道了!

第二个,邻居家的狗走失了。相信你不会认为这个是新闻。

第三个,电影《夜宴》召开首映式。这个当然也是新闻,因为《夜宴》是一部投资巨大的"大片",无论导演还是演员都是大名鼎鼎的人物。对于这样的事,人们通常都是很关注的,所以报纸应当予以报道。

下面我们来看第四个:北京市朝阳区要停水三天。相信对于这个事件的选择,就会出现差异了。有的人会说:停水,这是关系到人民生活的大事,当然是新闻了! 可是又有人说,我住在乌鲁木齐,北京市停不停水跟我有什么关系呢?这就出现分歧了。事实也是,对于这个事件,北京的报纸通常都会报道。而其他城市的报纸,通常就不会报道。为什么会出现这样的状况? 我们后面再说。

再看第五个事件:美国加利福尼亚州遭遇台风侵袭。争议又来了:有的人说,美国刮不刮台风关我什么事啊?这对美国人来说是新闻, 对我来说可不是。可是也有人说,台风是一种威力巨大的自然灾害,台风侵袭的地方通常都会受到很大损失,对于这样重大的事件,无论发生在哪里,都是应该报道的。

经过上面的分析, 我们发现其实要判断一个事件是不是新闻,并不总是清晰明了的。有一些事情,我们从直觉上就可以判断是否算是新闻，比如"日本首相访华"、"北京召开2008年奥运会"、"中国人民银行调高贷款利率"、"电影《夜宴》召开首映式"，这样重大的、人们普遍关心的政治、经济、社会、文化事件，毫无疑问，都是报纸不应该错过的新闻。而像"邻居家的狗走失"这类生活中的琐碎小事，不但与他人无关，而且对国家、社会也没什么影响，当然就不是新闻了。

可是对于第四和第五个事件的判断，就出现分歧了。因为某一个事件，可能对有些人来说是新闻，对另一些人就不算是新闻；对某个地区的人算是新闻，对其他地区的人不算新闻；对某个职业的人算是新闻，对其他职业的人就不算新闻……由此可见，这个判断的过程有的时候会变得很复杂。

不过，不知道你发现没有：尽管世界上每天发生的事件千差万别，每天不同的报纸上报道的内容却都有很大的相似度。也就是说，供职于不同报纸的记者和编辑们选择新闻的标准是非常相似的。这又是为什么呢？

还有，有的时候，对于一个事件，某家报纸或某个记者，会比其他人报道得更加迅速、更加及时，这就是我们常说的"独家新闻"。能够报道独家新闻的记者，通常都是公认的优秀的记者，这又是什么原因呢？

有价值的才是新闻

通过前面的分析，我们现在知道了：并不是所有事件都能算是新闻、都可以被报纸报道。

那么究竟依照什么标准来判断哪些是新闻、哪些不是呢？这个标准在新闻学里被称为"新闻价值"。

"新闻价值"究竟是什么？这是一个很难解释的概念。用比较简单直白的话来说，新闻价值高的事件，就是那些能够非常好地满足读者"想要知道的信息"和"需要知道的信息"的事件。所以，对于一个事件来说，它本身所具有的新闻价值越高，就越有可能被报纸所报道。

你可能还是有点糊涂——怎么来判断一个事件的新闻价值究竟高不高呢？难道只凭报纸的记者和编辑主观猜测吗？

当然不是了。经过几百年来报纸和新闻报道的发展、沿革，学者和从业者们早已归纳出来判断新闻价值的一些具体标准。尽管不同的人对新闻价值的理解还有不同的观点，但是有一些基本的"价值标准"还是受到普遍承认的，下面我们就来逐一地介绍。

1. 时新性。这个很好理解。所谓"新闻"，当然必须要是"新"的。一百年前发生的事情当然不算新闻。这个标准，是新闻价值判断最重要的标准。报纸与报纸、记者与记者之间的竞争，通常比拼的就是这个"新"。

举个例子来说，比如今天夜里12点发生了一件大事：城市的某个地区发生了火灾。那么在最短的时间内，该城市里所有日报都会派记者赶赴现场。他们在现场了解了火灾的状况、采访了群众和相关的人员，然后立刻赶回报社连夜写稿。这样，第二天一早，读者们就能从报纸上了解到这件事情。你注意到没有，从事情发生到报纸报道，之间只有几个小时的时间。记者和编辑通过自己高效率、高速度的劳动，努力把最新发生的事情传递给读者，这就是一则新闻。

可是报纸和记者也有反应迟钝的时候。还是以这个火灾为例子，有一家报纸的记者反应比他的同行慢了一点，或者懒了一点，没有来得及连夜把稿子写出来。所以第二天，唯独这家报纸没有报道火灾的消息。直到第三天，火灾的新闻才刊登出来。这个时候，就没有人会读这则消息了，因为这件事情已经没有"时新性"了——你想啊，其他报纸昨天都已经报道过了，你今天才报道，这不是"炒冷饭"吗？

由此可见"抢时间"对新闻报道的重要性。报纸的记者们通常都自称为"与时间赛跑的人"，其实是很有道理的。而几乎所有的新闻工作者，都把在第一时间将新闻报道出来供读者阅读视为自己的重要任务。

2.重要性。这个标准应该也是很好理解的。一个事件，如果关系到很多人的利害，或者涉及到很多人都很关心的问题，那么它就具有重要性，应该予以报道。

我们还是用例子来说明，请看下边这则报道：

税务总局：年收入超12万元必须自行申报个税

2006年11月11日《海峡都市报》

本报讯　记者帅斌彬　市民赶紧整理一下自己在2006年一年的收入吧，如果到年末收入有可能超过12万元，明年3月底之前，一定要到税务部门申报纳税。哪项收入不能提供完税证明，就必须缴纳相应的个人所得税。

8日，国家税务总局发布的《个人所得税自行纳税申报办法(试行)》要求："年所得12万元以上的"等五种情形应办理纳税申报。对年所得超过12万元的个人，"不论其所得平常是否足额缴纳了税款，都负有自行纳税申报的义务"。昨日，省地税局相关负责人表示，纳税申报政策以前就有，此次出台的具体办法是针对修改后的个人所得税法进行了细化，并扩大了纳税申报的范围。我省将进一步研究该《办法》的贯彻实施，可能会出台相应的实施细则。

如果你仔细阅读这篇新闻报道，会发现一个问题：报道中提到的《个人所得税自行纳税申报办法(试行)》是11月8日发布的，可是这则报道刊登的时间却是11月11日，这都过了3天了，还能算是新闻吗？

答案是肯定的——虽然这则报道说的是3天以前发生的事，已经不够"新"。但是由于这项法规关系到中国所有年收入在12万元以上的人的切身利益，对高收入人群的税收政策也是中国老百姓普遍都很关心的问题，所以具有非常大的"重要性"。因此，即使在时间上已经不是那么"新"，但它仍然具有很高的新闻价值，应当予以报道。

时新性和重要性，是新闻价值最重要的标准。那些既具有时新性又具有重要性的新闻，就是所谓的"大新闻"，也就是"要闻"。

3.显著性。和上面两个标准比起来，这个"显著性"可能不太好理解。所谓显著性，就是新闻中所涉及到的人物、地点、时间、事件等要素的知名度。

例如:伦敦成功地获得2012年奥运会的申办权。这个事件就非常具有显著性,因为伦敦是一个全世界闻名的大城市,而奥运会是一个人人都知道和关注的体育赛事。这个事件中,有两个非常有知名度的要素,所以就构成了一则新闻。

相反,如果在英国的某个小镇,举办了一场高尔夫球赛,就不能成为新闻了。

不单是大名鼎鼎的城市具有显著性,那些名人的事通常也能成为新闻。比如法国总统希拉克在北京大学做了演讲,全世界很多报纸都会报道,因为希拉克是一个著名的政治家。

当然,并不是所有具有显著性的事件都应该予以报道。我们前面提过,香港的一些娱乐记者被人们称为"狗仔队",他们专门跟踪影视明星,通过偷拍、盯梢等方法获得关于他们的隐私,然后报道炒作。这种过分追求"显著性"的行为,其实已经触及了道德和法律的界限,应当予以抵制。

4.接近性。所谓接近性,就是事件与读者在地理上或心理上的接近程度。

这个概念理解起来就更抽象了,我们还是用例子来说明。

郑州庆丰市场发现疑似苏丹红鸭蛋
2006年11月15日《大河报》

大河报讯　含有致癌物质苏丹红的"红心"鸭蛋在北

京现身,郑州市场上的鸭蛋质量如何？昨日,郑州市工商局二七分局的执法人员在辖区的鸭蛋市场对"红心"鸭蛋进行了集中排查。

在工商执法人员检查到郑州庆丰市场时,执法人员发现了一小包生鸭蛋,蛋黄呈现出淡红色。执法人员依法对这些鸭蛋进行了暂扣,并将报送有关部门进行检验。

昨日上午,工商执法人员先来到了世纪联华碧波园店和思达超市,在对其中销售的河北产"鸟王"、"神丹"等品牌的鸭蛋进行抽检后,执法人员没有发现苏丹红"红心"鸭蛋。当执法人员在对郑州庆丰市场内的一家商贩进行检查时,却发现该摊点销售的一种生鸭蛋的蛋黄呈现出不同程度的红色。当执法人员询问这些"红鸭蛋"的来源时,商贩承认这些鸭蛋都是小贩们送来的,而小贩们说的出处正是河北白洋淀。

为了避免苏丹红"红心"鸭蛋流入消费者的餐桌上,工商执法人员依法对十几个蛋黄为红色的生鸭蛋予以暂扣。

看到这则报道,相信很多人都会觉得:我又不是郑州人,这样的事情跟我没有什么关系,怎么能算是新闻呢？

但是请你注意:这则消息的来源是《大河报》,《大河报》是河南省郑州市发行的一张日报。也就是说,这张报纸的主要读者都是郑州的市民。对于他们来说,在郑州市发生了这样的事情,关系到了他们的生活和健康,所以具有很高的新闻价值。

现在你是不是有点明白"接近性"说的是什么了？那就是，人们通常都对发生在自己身边、或者周围的事情感兴趣。如果你生活在北京，那么北京市发生的事情肯定比上海市发生的事情更让你感兴趣，也就更有新闻价值。这就是地理上的"接近性"。

除了地理上的接近性，还存在心理上的接近性。这个就更不好理解了：心理怎么接近呢？

我们还是来看一则报道：

高校毕业生网络招聘20日启动　持续一个月

2006年11月15日《重庆晚报》

记者昨日从就业指导服务中心获悉，教育部、人事部和劳动部联合举行的网络招聘月将在本月20日启动，并持续到12月20日，毕业生可与用人单位实现网上交流。

网络招聘月将依托三大网络平台：教育部中国高校毕业生就业服务信息网(www.myjob.edu.cn)、人事部公共信息网（www.chrm.gov.cn）和中国劳动力市场网站(www.lm.gov.cn)。

此外，我市高校指导服务中心和教育部直属大学的就业网站，将作为网络招聘分会场，各省市不仅要收集有关毕业生就业的相关政策在网上公布，还将有相关负责人在网上解答毕业生提出的问题。

这就是一则典型的"心理接近性"报道。为什么这么说呢？对于很多人来说,这则消息可能没什么价值;可是对于即将毕业、急切地需要找工作就业的大学生来说,这则消息就显得非常珍贵和重要了。

现在你明白什么叫"心理接近性"了吧？人们对于在心理上感觉和自己密切相关的事情更加关注。这种"相关"可能是职业上的、年龄上的、性别上的、信仰上的,等等。比如说,某某地方召开了全国妇女大会,这则消息对于女性读者来说就更有价值;某个地区出台了一部关于保障老年人生活的法案,这则消息对于老人来说更具价值,依此类推。

现在的人们,几乎每一天都要和新闻、媒体打交道,而读者的地域、职业、性别、年龄、受教育程度等等都不相同,因此把握新闻报道的"接近性"原则,就显得非常重要了。优秀的记者和编辑,总是能够选择和读者生活息息相关的信息进行报道和传播。而很多读者每天读报的时候,通常都没有那么多时间把报上的每个字都读完,他们往往只选择重大新闻,以及与自己关系密切的新闻进行深入阅读。由此可见"接近性"是一个多么重要的标准。

5.趣味性。千万不要误会,所谓的"趣味性"绝不仅仅指新闻的内容有趣、幽默,而是有更广泛的含义。

你还记得我们曾经提过的"软新闻"的概念吗？所谓的"趣味性"其实和"软新闻"的报道关系很密切的。这里的"趣味性"可以指新鲜奇特的事、罕见的事,也可以指有人情味的事、激发人们同情心、令人激动或伤感的事。总而言之,就是让人读了之后会触动心灵的事。

过去，我们国家的报纸对这类"趣味性"或"人情味"的新闻报道得很少，这些年逐渐多了起来。这些"软性"的报道不同于那些时新性、重要性很强的"要闻"的硬邦邦，而是带有很多温情的味道。

我们来看两则例子。

例1：

抱抱团，抱出温暖人心?！

2006年11月8日《信息时报》

近期，一群长沙的年轻人自发组成"抱抱团"，在长沙发起公益行为艺术活动，通过网络视频和社区讨论受到全国关注。许多人认为是炒作，或者说"强势"的拥抱不符合中国人含蓄的性格，但不管人家怎么认为，参加这个活动的人坚持他们的目的是向冷漠的人心说"不"。

长沙"抱抱团"的发起人是一个名叫才子豪的广告从业人员。他发起这次活动缘于在"happy3g.com"看到的一个叫"free hugs"的视频，内容为某国外男子在繁华街头进行的免费拥抱活动，以此向日益冷漠的人心说"不"，倡导一种人文关怀。震撼之余，他在网上发帖介绍视频并发表感受。短短几个小时内，就得到了网友的积极回应。于是，几个尤为热心的网友成立"抱抱团"。他们把拥抱陌生人的视频和图片在国内各大网站发出，几乎是一夜之间，北京、南京、广州、天津等地纷纷成立抱抱团俱乐部，目的是"要让那些原本擦肩而过的人们，因为这活动的影响，开始对着素不相识的陌生人真心微笑"。

心理医院医生张学芳主任分析,现在经济发展了,社会进步了,通讯手段多了,但人与人面对面的交流却少了。工作繁忙,戒备心理严重,使现在社会的人与人之间的关系变得十分复杂。相互问候只需一个手机短信、一个电话,手写书信、登门拜访等等少了,人与人的交往就显得冷漠了,机械了。为了保护自身的平安,居家防盗门、防盗窗,一层又一层,把邻里间的关系隔开了。有时候,居住同一楼层,相互间都不熟悉,有的亲友来访,问遍一幢楼都不知道要找的人在哪里。结果一见面才发现人家要找的人原来就是隔壁的邻居。虽然如此,人的心理是渴望结交的,因此才有了QQ群的不断壮大,毕竟在虚拟世界交往少了防备心理,不需要慎防对方,增加了安全感。人们宁愿与千里之外的QQ好友聊天,也不与对门邻居交往。正是在这种种的心理状态下,才出现了目前社会上出现"抱抱团"现象。

例2:

暑假作业网上热卖明码标价15元

2006年8月24日《三湘都市报》

"本人长期代写小学生寒、暑假作业,替小学生欺负其他同学,代替学生父母开家长会。收费标准:寒假作业(48页1—3年级)10元,(48页4—6年级)15元;暑假作业(62页1—3年级)15元,(62页4—6年级)20元;欺负同学(身高1.3m—

1.4m)15元,(1.4m−1.6m)20元,(1.7m−1.9)价格面议;打老师,女老师30元,男老师50元,体育老师免谈。QQ869716xx。"

这条吓人的帖子是记者在网上随意搜索到的,如果用百度贴吧搜索"跪求暑假作业答案",那么至少可以看到1148条相关帖子,有个别帖子的点击次数甚至高达3785次。

那么原本应是学生自己独立完成的暑假作业,为什么会突然变成网上买卖的热门东西呢?

网上交易省时省力

8月底对于有些中小学生来说,并不是轻松的时刻,因为开学在即,老师要收暑假作业上去检查了。而对于那些专门借作业来抄的学生来说,互联网便成了省时省力的一大好工具,随便在搜索引擎里键入几个字,铺天盖地而来的暑假作业供需信息就完全呈现在眼前了。在贴吧里可以看到来自全国各地关于暑假作业答案的留言,长沙、广东、武汉……

而诸如"7年级快乐暑假作业答案谁有啊?跪求,加QQ2890899xx"的字眼举目皆是。作业的基本信息都会写得很详细:几年级的、哪个地方的、哪个出版社的等等,回复显示,很多没完成作业的学生愿意出每门50元、100元购买答案,甚至连Q币都成了购买工具。

同时,还有很多枪手留下联系方式,不同年级代写作业的价码不同。

记者尝试跟其中一个枪手联系,枪手很明确地开出价码:初中、高中题目难些,收费也就高些,每门100元,不包括邮寄费,不打折。

为何不愿做作业

记者在一个近30人的学生QQ群里，发布了一些问题。关于暑假作业，他们都觉得"那真是快乐暑假的沉重负担"。当被问为什么不愿意写暑假作业时，大部分回答："还不是因为玩去了，都玩疯了，天天就只想上网、和同学出去玩。""现在放假了，是时候疯狂了，谁还来做这些烂鬼作业，打游戏去。"

有很多学生承认，只有到了快开学，才想起来还有很多暑假作业未完成，所以这个时候成了网上求购答案的高峰时刻。也有少部分学生坦白，以前是大家分工合作，你写一门，我写一门，然后大家交换着抄，"现在有了互联网就更省事了，只要出点钱就行了"。

其中，不少学生觉得老师是肯定不会仔细看每个人的暑假作业，"对付着写写就行了。"老师肯定就是随便翻翻，"所以我们连作文都是从网上搞下来的，写个标题，用搜索引擎一搜，想要多少就有多少。那水平比我们的高多了，如果老师仔细看了，也会很满意。"

假期作业需改良

老师布置暑假作业的原本意图是，让学生在漫长的暑假生活中，做一做习题，巩固上个学期所学的内容，不至于一开学就忘记以前所学，导致跟不上班。

雅礼中学的何庆伟老师表示，应该只有少部分学生上网求购答案，"这也不完全跟少数学生'懒'有关系，现在暑假作业的分量越来越多，题目难度也在不断增加，有时还超过了学生的承受范围，他们当然会想歪主意了。加上暑假原本就是放松休息的时候，学生就更加没心思写作业了。"

"暑假作业需要改良,可以从锻炼学生的动手能力方面入手。"何老师建议:"暑假作业还是应该尊重学生的自愿,最好从启发教育入手,让他们通过自己的生活经历、看科技展览、了解新鲜事物等方面得到启发,结合自己的所学,通过暑假两个月摸索,做出一个成果来,这样更能激发他们学习探索的兴趣,开拓他们的思维方式。这肯定比做几个题目效果更好。比如我的学生就利用暑假,做出了热水器漏电报警、门铃热感应等装置,实践更能出真知。"

我们来看一下这两则报道有什么异同。

首先,两则报道的内容都是"新鲜的"、"罕见的"事情。第一则新闻报道的是一个自称为"抱抱团"的群体,到大街上去拥抱陌生人,引发了人们不同的反响,难道这还不算新鲜事吗?第二则报道更是如此,有人在网上明码标价帮小学生写作业、欺负别人、开家长会,更是"不正常"的。

可是如果你仔细阅读,会发现尽管讲的都是"新鲜事",两则报道还是有一些差别的。"抱抱团"事件所表达的是人们对社会温情、人文关怀、人与人真诚交往的呼唤;而"作业枪手"事件更多体现的是一种扭曲的、不正当的社会现象,里面含有批评的意味。

由此可见,"趣味性"报道并不仅仅是"有趣"的事,而是那些触及人的心灵和情感、促使读者实现心灵共鸣的报道。

当然,我们也应当注意到,有的报纸为了吸引眼球,过于重视"趣味性"新闻,以至于过分猎奇报道耸人听闻的诸如凶杀、犯罪、与性有关的新闻,而且大施笔墨,使人们误以为社会就是这个样子的。这种新闻报道,我们称之为"煽情主义"。对此,在本章的第四节里,我们会详细讲述。

上述的"时新性"、"重要性"、"显著性"、"接近性"和"趣味性",就是大部分报纸——尤其是日报——每天选择新闻的五个主要标准,也就是所谓的"新闻价值"的五个要素。任何从事新闻工作的人,都必须非常熟悉和了解如何判断事件的新闻价值,因为选择了不恰当的事件进行报道,不但不会引起读者的兴趣和注意,而且还会浪费宝贵的版面,挤占了其他新闻报道的地盘。

需要注意的是,新闻价值的这五个要素,并不是孤立的,而是彼此之间有密切的联系。因此,记者和编辑在进行判断的时候,通常都是综合这五个要素作出全面决定的。如果只偏重某一个要素,而忽略了其他要素,往往就会犯下很可笑的错误。

比如,如果一个记者只知道"时新性",只要是刚刚发生的事,无论大事小事都进行报道,就连哪个超市的鸡蛋下午刚刚涨价3毛钱的消息也报道,这就闹笑话了。

再比如,如果一个美国的记者,只盯着事件的"显著性"看,连"布什总统昨天晚饭喝了一瓶啤酒"的事情也报道出来,同样可笑。

新闻业是一个系统的、具有整体性的行业,人人都要有全局观。报纸就是通过复杂的、互相作用的新闻价值标准,选择必需、适宜的事件进行报道,让我们对所处的这个世界有全面、深入的了解。

从消息到特写

报纸上刊登的新闻报道有长有短，短的可能只有几十字，上百字；长的有上千字，有的甚至占几个版面。这是什么原因呢？

这就涉及新闻报道类型的问题了。

什么是新闻报道的类型？其实非常好理解。报纸就像是我们的语文课本，里面有不同体裁的文章：有老舍先生写的小说，有朱自清先生写的散文，有大诗人李白、杜甫写的诗歌，也有鲁迅先生写的杂文……这些大诗人、大作家们会根据自己想要表现的题材来选择不同的体裁。新闻报道也像这些文学作品一样，分为不同的类型。记者们针对新闻的内容采取不同的类型来进行报道，可以更好地强化新闻作品的传播效果。

在第一章里，我们曾经讲过应该怎样阅读新闻。其实那只是一种类型的报纸新闻，也就是报纸上最常见的"短新闻"，在中国的新闻学里称之为"消息"，在西方国家，称之为"短故事"或"短新闻"（short story/ short news）。

消息是报纸新闻最常见、比例最大的报道类型，此外，我们还经常能够读到一些篇幅比较长的、无论结构还是叙述方式都与消息截然不同的报道。这些报道又有些什么名堂呢？这就是我们这一节里要解决的问题。

从两分法到多元法

对于新闻报道类型的划分其实有很多方式。

长期以来，我国新闻界习惯于将新闻报道简单地分为"消息"和"通讯"两大类。所谓"消息"，就是我们最常见到的那种篇幅较短、结构较整齐的报道形式。而除此之外的一切带有生动性、描述性色彩的报道，都被笼统地称为"通讯"。这种简单的划分方法其实对于我们理解报纸新闻的特点和性质是没有什么帮助的。

近些年来，我国的报纸从业人员和新闻学者们吸取了西方国家对新闻报道类型的划分和研究成果，对新闻报道的类型进行了更加系统的划分。这种划分不再以篇幅的长短和语言生动与否为标准，而是以新闻报道的不同方式为标准。

按照这个新的、更加多元的分类法，报纸上的新闻报道可以分为以下四个主要类别：消息、阐释性报道、调查性报道、特写。

消息：倒金字塔

对于"消息"这种报道类型，我们再熟悉不过了，因为我们每天接触到的大多数报纸新闻都属于"消息"。

其实对于"消息"这种体裁，是很难下一个明确的定义的。我们先来看一则很经典的消息，然后再来下结论：

肯尼迪遇刺丧命
约翰逊继任美国总统

(路透社达拉斯1963年11月22日电)急电：肯尼迪总统今天在这里遭到刺客枪击身亡。

总统与夫人同乘一辆车中，刺客发三弹，命中总统

 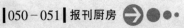

头部。

> 总统被紧急送入医院,并经输血,但不久身死。
>
> 官方消息说,总统下午1时逝世。
>
> 副总统约翰逊将继任总统。
>
> (转引自李良荣:《当代世界新闻事业》,中国人民大学出版社2002年,第203页)

这则新闻报道曾经被很多新闻学教材选录,作为消息阅读和写作的经典之作。我们不妨就从这则消息中来分析和归纳一下"消息"这个体裁的特点。

首先,篇幅很短。这则新闻说的是一件非常大的事情:美国总统被刺杀。可是记者却只用了这么寥寥的100多字进行报道。

其次,只有事实,没有分析评论。报道中的每一句话,甚至每一个字都是在冷静、客观地叙述着事实,中间不掺杂任何记者个人的评论和看法,甚至没有使用具有描述性色彩的形容词、副词。

最后,100多字的报道,却分了5个段落,而且还有两个标题。段落之间的次序并不是按照事情发生的时间顺序安排的。

通过对上述三个特点的分析,我们可以总结出"消息"的大致定义:客观陈述事实的、篇幅通常比较简短的、以"倒金字塔"为主要结构的新闻报道类型。

前面两个特点或许比较容易理解。可什么是"倒金字塔"结构呢?这就涉及新闻报道的技术层面了。

我们还是回过头来看《肯尼迪遇刺丧命》这则消息。

前面我们已经分析到，对于这则只有100多字的报道，记者居然分了五个段落，而且还为它取了两个标题。每个段落之间，并没有时间上的联系——也就是说，每一段都在讲一个独立的故事。只看标题，或者只看前面一两段，不看后面几段，也可以清楚地了解这则新闻所要讲述的内容——这我们在第一章里已经介绍过了。

这就是我们通常所说的"倒金字塔"结构。它的基本特点和写作规范是：

1.按照事件的重要性而非时间的先后安排叙述的顺序，如同一个倒立的金字塔，"头重脚轻"。

2.每一段只写一个事实。

3.记者不发表评论，语言中性、客观、冷静。

如果我们画一张图，就可以很清楚地知道为什么这样的结构被称为"倒金字塔"了。

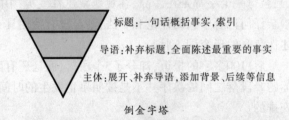

标题：一句话概括事实，索引

导语：补弃标题，全面陈述最重要的事实

主体：展开、补弃导语，添加背景、后续等信息

倒金字塔

在"倒金字塔"结构诞生以前，新闻报道和文学写作仍然没有清晰的界限。记者们在写新闻的时候，仍然按照时间顺序来记叙，那个时候的新闻总是又啰嗦又长。

电报的发明为新闻问题的改进发挥了巨大的作用。当电报刚刚被应用于发送新闻稿之后，原来的新闻文体就出问题了。因为这项技术还不成熟,很多时候发了一半,信号就中断了,于是人们开始想办法改进那种长长的、按照时间顺序纪事的新闻稿。

在美国南北战争时期,前线随军记者们发明了一种写作方法,那就是不按时间顺序来写稿,而是把战况的结果写在最前面,然后再陆续补充其他的信息。这样,即使电报发了一半就中断了,也不妨碍报纸顺利发表这则新闻最重要的部分。这就是"倒金字塔"结构的雏形。

那么"倒金字塔"结构有什么好处呢?

对于我们读者来说,最大的好处莫过于方便阅读。因为新闻里最重要的内容都放在前面,而且每段之间没有时间上的承续关系,所以我们不必从头读到尾就能知道新闻说了些什么。读到哪里都可以停住,不妨碍我们对新闻的理解。

对于报纸的编辑来说,"倒金字塔"写成的新闻稿非常容易修改和编辑。如果报纸的版面不够,或者新闻稿写得太长,编辑就可以从最后一段开始删除,而不会影响全文的效果。

阅读用"倒金字塔"结构写成的新闻,关键是读导语。

所谓导语,就是消息的第一段。在这一段里,记者一般会把他认为最重要的信息展现出来。对于那些想要节省时间的人,通常只阅读标题和导语就足够了。

正是因为导语对于消息有如此重要的作用,所以所有的记者都必须学习写好导语的技能。导语通常具有高度的概括性,而且还要引人注意、容易引起读者的兴趣。

"倒金字塔"从诞生以来,一直在新闻报道中占据"统治地位"。尽管很多人不喜欢这种文体,认为它不够生动,而且条条框框太多。可是到现在为止,也没有一种新的写作模式可以完全取代它。事实上,对于那些具有很强时新性、重要性的"硬新闻"而言,"倒金字塔"结构是最好的表现形式,因为它符合新闻业对"新"、"快"、"方便"的要求。

解释性报道:拯救时代?

长久以来,"消息"这种体裁一直"称霸"报纸版面,以至于人们已经养成了习惯:新闻就应该是"短"、"平"、"快"的。新闻记者的任务就在于精确、客观地把新闻事件用严格的"倒金字塔"结构记录出来——言外之意即是,记者是"记录者",而不是"解释者"。

可是,"倒金字塔"结构写出来的新闻,有一个弱点——过于强调新闻事实本身,几乎完全忽略对新闻发生的详细背景的解释。人们读到的东西,永远是冷冰冰、干巴巴的事实,对于事实背后的东西,人们一无所知。

你可能会反驳:人们读报不就是为了知道事实吗?为什么非要去了解那些繁琐的背景呢?在听过下面这个"解释性报道"诞生的故事,你就会明白其重要性了。

1918年第一次世界大战结束,欧洲国家都饱受战火的摧残,唯有大洋彼岸的美国由于远离战场,并没有遭遇战争破坏。加上美国在大战时向欧洲各交战国出售军火大发战争财,所以一战后美国经济出现了欣欣向荣的景象:人们热衷于投资股市和各种实业,政府的收入连续上升,美国人沉浸在幸福和喜悦当中。

人们没有预料到的是,到了1929年,美国经济突然出现了大崩溃:银行倒闭,公司破产,股市崩盘,成千上万的工人失业成为流浪汉,政府一筹莫展。这就是著名的1929年大萧条。直到这个时候,人们才明白,在繁荣的经济背后其实蕴涵着制度的危机,这种危机是潜在的、很难察觉的,一旦爆发起来,却令人措手不及。

于是,人们开始批评新闻界:传统的倒金字塔结构只能提供表面的事实,无法提供事实发生的更深层次的背景和原因。这使得读者们沉迷于歌舞升平的繁荣景象里,完全忽略了在新闻中的深层涵义,最终导致人们对即将到来的经济危机毫无准备。

在这种情况下,所谓的"解释性报道"就诞生了。这种报道不仅仅讲述新闻事实,还从专业的角度来分析事件产生的原因、发展趋向和蕴涵的意义。这种新型的报道由于帮助人们在了解新闻的同时还弄清了事件与社会、政治、经济、文化之间的关系,而逐渐受到读者的欢迎。现在,美国的主要报纸(如《纽约时报》、《华盛顿邮报》等)70%以上的版面都由"解释性报道"占据。

在中国,目前解释性报道还不是主流,尤其是在日报中,消息仍然占据了大量版面空间。不过一些报纸已经开始意识到解释性报道的巨大作用,逐渐发展这方面的力量。有的日报如《新京报》、《南方日报》,周报如《南方周末》、《经济观察报》等,都依靠自己强大的解释性报道力量而在社会舆论中赢得一席之地。

究竟阐释性报道是什么模样的?它和消息有什么区别?我们还是先来看一个例子:

单纯提价不治本　强化监管是正途

2006年4月27日《南方周末》

　　本轮资源价格调整已经从成品油领域发展到水领域。4月以来，多个省市相继传出水价上涨信号，涨价的范围包括污水处理费与水资源费。而尽管没有统一部署，据发改委连续三年对36个大中城市进行的水价跟踪调查，水价一直以每年10%的速度上涨。但这还远远没有达到政府和企业所认为的"合理"水平，于是一涨再涨。

　　应当承认，理顺水价是资源价格"闯关"的一个组成部分，欲建立市场主导的供水体制，这一关是必须要过的。不过，如何过这一关，却需要仔细斟酌。

　　目前的水价改革迫于两个不同的压力而发轫，追求着两个不同的目标：第一个压力是供水企业的经营压力。有关部门解释，我国的城市供水价格一直远低于成本价，政府财政不得不给污水处理大量补贴。水价偏低，也制约了水公司的发展能力。类似地，企业污水处理费偏低，不能保证污水处理企业的正常运行。因此，必须提高自来水价格、污水处理费，确保这些企业微利经营。

　　第二个压力是资源压力。有关部门解释说，中国是水资源短缺国家，但水资源的浪费又非常严重；推行阶梯式单户计量水价，运用市场机制，可以将用户的用水控制在合理范围，达到节约用水的目的。

　　上述两个压力都指向了提价，其用意却完全不同。一个是为了让消费者多掏钱，以解决企业亏损问题。另一个目标则是为了激励民众节约水资源。但从目前有关部门的政策设想看，似乎把上述两个改革内容看成一回事：通过实行阶梯计量水价制，事实上提高水价，新增收费则归相关企业，从而一举解决企业亏损与资源浪费这两个问题。

这种政策设想可能是不合理的，因为它把一个社会性的公共目标与部分企业商业经营目标混淆在一起。

凡是具有正常理智与情感的民众，恐怕都意识到中国水资源短缺的现状，大体上也会赞成政府实行那些有利于节约水资源的机制。普通民众不会反对政府实行阶梯计量水价，只要政府较合理地解决了计量、收费的转轨成本问题，比如，安装计量设备的钱只要不是完全由民众家庭承担。

但是，要让民众为目前公用事业企业的经营性亏损埋单，恐怕很少有人乐意。这些企业确实在亏损，但这种亏损仅仅因为其产品的价格过低吗？当初建立这类企业的时候，赋予了其垄断地位，排除了竞争。相应地，就应当强化对这些企业的监管，促使其控制成本，维持一定效率。但长期以来，控制与监管不到位，导致这些企业完全丧失成本控制意识。因此，十几年来尤其是近几年来，水价已大幅提高，但这些企业仍然声称处于严重亏损状态。然则，这些企业自身对于亏损要承担多大责任？

另一方面，一些相关部门轻易认同垄断性企业的看法，近年出台的几乎所有相关改革措施都变成了涨价。相反，在开放市场、强化监管方面，却没有实质性举措。也就是说，垄断性公用事业企业，相关部门在没有对其治理结构进行改革，对其财务强化监管之前，就决定涨价，这样做显然有欠考量。

水价机制改革本来势在必行，甚至如果设计合理，公众也不会反对水价上涨。问题在于，上调水价必须给公众以可信的理由。为此，首先得确定，究竟是为了什么目标而涨价，在此基础上才可以选择更合理的改革方案。

假如已经认定，实行阶梯计量水价的主要目的是激励消费者节约水资源，那就应当选择征收水资源税，就像个人所得税一样，有一个起征点，对超出定额之外的部分征收，用得越多，税率越高。这笔钱同样由消费者出，且可由自来水公司代征，但其收入应当收归国库，且应当完全用于政府对水资源保护的投入。比如，由用水城市向水源地区进行财政转移，以激励水源地区民众保护水源。当然，这笔预期收入也可由政府预先垫付，用于资助贫困家庭的水表改装。

至于水领域的公用事业企业的亏损问题，则应当单独作为一个问题寻找解决办法。总体方向是，推进这些领域的市场化改革，在所有可能的细分环节上打破垄断，引入竞争；在仍然保留垄断的环节上，则强化企业对公众承担责任的机制。比如，应当考虑在这些企业建立社会化的董事会，公众代表、专业人士应当占据多数，监督这些企业调整内部结构，以提高管理效率，节省成本。这些企业也应当像上市公司一样，每年向公众发布由独立会计师审核之财务报表，政府定价须以此类独立审计结果为依据。某些企业享有垄断，则对其监管就应当格外严厉，才能使垄断者不至于侵害消费者利益，而这种监管必须有公众的参与，才比较公平。

上面的例子，就是一篇标准的解释性报道。阅读这篇报道之后，不知道你是否会发现它和消息之间的一些不同之处。

　　我们先来看第一段，也就是所谓的"导语"。

　　本轮资源价格调整已经从成品油领域发展到水领域。4月以来，多个省市相继传出水价上涨信号，涨价的范围包括污水处理费与水资源费。而尽管没有统一部署，据发改委连续三年对36个大中城市进行的水价跟踪调查，水价一直以每年10%的速度上涨。但这还远没有达到政府和企业所认为的"合理"水平，于是一涨再涨。

　　我们在前面介绍过，导语应该展示新闻报道中最重要的信息。通常来说，消息的导语都是很简练、很精确的，比如，要提供新闻发生的时间、地点、人物等具体的要素。

　　可是在这篇解释性报道的"导语"中，我们却看不到一个很清晰的新闻事件。这一段所要交代的新闻事件，其实并不是某一个独立的事件，而是一系列事件或一种现象：4个月以来水价一直在不断上涨。这就揭示出了解释性报道的第一个重要特点：它所关注的并不是孤立的、单独的新闻事件，而是那些对社会、对国家、对我们的生活有密切关系或重要意义的"新闻现象"。也就是说，要把新闻事件放在大的社会背景框架中来考察，这样才能得到更加深入的思考和结论。

　　读完"导语"，我们再来看看后文。

　　这篇报道很长，差不多有2000字。而通常的消息不过才几十字、一二百字。这就是解释性报道的第二个特点：篇幅更长，内容更详尽。对于一些意义比较重大或比较有典型性的新闻来说，区区一二百字的报道是很难让人们看清楚事件的全貌的。解释性报道打破了"倒金字塔"结构对篇幅和结构的束缚，在"体制"上更加灵活和宽松，给报道者更加充分的施展空间，这样有助于报道者的发挥和创造力。

解释性报道的第三个特点是：夹叙夹议，事实与观点并存。这可以说是解释性报道与"倒金字塔"报道的根本区别。

在"倒金字塔"大行其道的时代，报纸对记者的一个基本要求是：只陈述事实，绝不能加入自己的观点或评论，否则就是不专业，甚至被视为违反职业规范。可是解释性报道诞生之后，"事实"与"观点"之间的界限被打破了。记者在陈述事实的同时提出自己的看法，并进行分析和评论，帮助人们理解新闻事实。上面这篇报道中就有大量作者本人的分析。

通过对上述三个特点的总结，我们已经对"解释性报道"这种体裁有了比较全面的了解。

大家可能又会问了：原来的"倒金字塔"结构有一套非常严格的写作规范，而解释性报道几乎把这些规范都打破了。这样，记者岂不是获得了自由，可以随心所欲地写了？新闻报道岂不是变成了非常简单随意的工作？其实这是一个误解。

表面上看，解释性报道的诞生"废除"了"倒金字塔"的一些"清规戒律"，让记者获得了更多的"自由"；但实际上，这种新的报道方式对记者提出了更高的要求。

为什么这样说呢？我们可以从两个方面来分析。

首先,解释性报道篇幅比消息长很多,信息容量增大几倍,这就要求记者必须对新闻事件有更加深入、更加细致的了解。在用"倒金字塔"报道新闻的时候,只要说清楚事件是什么、发生在什么地方、什么时间、怎么发生的就够了。可是在解释性报道中,记者必须说清楚"为什么"。为了获取更加详尽的信息,记者必须阅读很多相关的材料,采访很多专业人士,甚至要自己做一些调查研究,才能写出一篇内容翔实的报道来。

其次,解释性报道夹叙夹议的方式要求记者必须具有相当多的专业知识。只有这样,分析才能有深度、有道理。试想,如果上面例子中的这位记者对我国水价调整的机制、历史、背景、原因完全不了解,只一味地胡乱评论,那么这篇报道是毫无意义的。这就是为什么很多报社提出记者既要是"通才",也要是"专才"的原因。也就是说,记者不仅要学识渊博、眼界开阔,而且最好还要精通某一个或某几个领域的知识,才能胜任"解释性报道"的任务。

正是基于上面两个原因,很多报社目前都采取了"跑口制"。也就是一个记者一般只负责采写自己擅长的某些领域的新闻,这样可以提高新闻报道的专业性水准。比如,通晓经济学的记者专门报道财经新闻;有良好的国际关系学和外语基础的记者专门报道国际新闻;对法学有深入了解的记者则专门负责法制新闻。每个领域的记者各司其职。很多记者最后都成了某个领域的专家——比如我国著名的财经记者胡舒立,后来就成了资深经济评论家。

解释性报道不但让新闻业变得更加专业、更加有深度，也使人们对社会、环境的了解不仅仅停留在肤浅的表面上。解释性报道使我们所处的世界不再是一个个割裂的简单事件，而是连续的、内部互相关联的有机整体。

调查性报道：揭露黑幕

如果你经常读《南方周末》，一定会发现有一类很独特的报道。这些报道既不用"倒金字塔"结构来报道新闻事件，也不对新闻现象进行解释和分析，而是专门以"揭丑"、"爆料"为宗旨，揭露社会中一些不为人知的"阴暗面"。在形式上，非常类似于调查报告。这种新闻报道，我们称之为"调查性报道"。

调查性报道和消息、解释性报道有什么不同呢？我们先来看一篇典型的例子：

蓝田破灭岂怪刘姝威

2002年1月25日《中国经济时报》

1月23日是某匿名人士给中央财经大学财经研究所研究员刘姝威定下的死期，也是"蓝田股份"状告刘姝威侵害其名誉权案的开庭之日。

这一天平静地过去了，事实证明，刘姝威并没有像她收到的四封电子邮件所恐吓的那样到了死期。刘姝威好好的，倒是另一条应该是与之密切相关的消息登上了各大报纸和几乎所有的财经网站：因涉嫌披露虚假财务信息，原"蓝田股份"高层共10人被公安部门拘传。公安介入

"蓝田股份"造假调查,说明问题性质非同一般。

而在此之前,"蓝田股份"认为是刘姝威的一篇文章将公司"搞死了"。2001年10月26日,刘在《金融内参》上发表一篇600多字的文章,文章称"蓝田股份已经成为一个空壳,已经没有任何创造现金流量的能力,也没有收入来源","蓝田股份完全依靠银行贷款维持运转"。文章还指出:"为了避免遭受严重的坏账损失,我建议银行尽快收回对蓝田股份的贷款。"此文发表以后,"蓝田股份"第一大股东湖北洪湖蓝田经济技术开发公司的控股股东中国蓝田(集团)总公司总裁瞿兆玉找到刘姝威并要求她公开道歉,消除影响,他称此文"让所有的银行全部停止对蓝田贷款。资金链断了,蓝田让你搞死了"。因刘姝威拒绝道歉,"蓝田股份"以侵害名誉权为由将刘告上了法庭。之后,"蓝田追杀刘姝威"的报道便被风传。

然而,"蓝田股份"是刘姝威搞死的吗?

作为一个严谨而又坚守立场的学者,刘姝威只是对"蓝田股份"进行了专门研究,而她所依据的材料是从"蓝田股份"在市场上公开的招股说明书到2001年中期报告的全部财务报告。研究结果显示,蓝田股份的应收账款回收期明显低于同业平均水平,水产品收入异常高于渔业同业平均水平,而偿还短期债务能力在两个行业的同业企业中都属最低。从财务分析的角度看,这样的结果排列是不可能的。刘姝威的结论是:"蓝田股份"已无力还债,12.7亿销售额有作假嫌疑,其资产结构是虚假的,"蓝田股份"实际上已经成了中国蓝田(集团)总公司的提款机。

事实上,蓝田造假早就是千夫所指。

"蓝田股份"1996年上市时就采用了瞒天过海的欺诈手段,1999年,"蓝田股份"就已被证监会查处过,违法问题十分严重。可以说,从上市之初,"蓝田股份"就已经走上了歪路,但由于当时主要责任人仅被处以警告并罚款10万元,相当于打了一下它的屁股,"蓝田股份"抱着侥幸心理,在造假路上越行越远。

在2001年中报出台以后,细心的投资者和分析人士就发现了其中大量的疑点。蓝田并不是市场的垄断者,其主打产品均是高投入的低附加值商品,瞿兆玉所宣称的"一只鸭子一年的利润相当于生产两台彩电"有几分可信呢?2001年9月,证监会正式立案对"蓝田股份"进行调查。在投资者斥之为"放卫星"之后,蓝田似乎自己都感觉到"蓝田"这个名字太恶心,有损形象,2001年年底,索性将"蓝田股份"换成了"生态农业"。

蓝田放的"卫星",连一般的投资者都瞒不过去,更不要说是严谨的学者。作为一个学者,刘姝威无疑是有社会良知的。刘姝威事件说明在证券市场上,除了管理层的监管、媒体的跟踪之外,越来越多的严谨的学者担负起了社会责任。蓝田在银行资金链断裂之后马上就陷入困境,似乎正好应验了刘姝威和投资者的质疑判断。

俗语云,多行不义必自毙。"蓝田股份"将自己的结局迁怒于刘姝威,只能是在神话凋零前的一次失去理性的疯狂。由此看来,"蓝田股份"依然没有从自身的角度去反省——这样的上市公司离出局已经不远了,因为我们不能否认,当前中国的证券市场,多层次的监管正在日趋成这个新闻在2002年曾经轰动一时:一位女经济学者通过自己的一篇文章,揭露了当时规模非常大的蓝田公司做假账、非法集资的内幕。后来很多媒体的记者对此事进行了调查和报道,直到把蓝田公司欺诈行为的全部内幕揭清。这件事,可以看作是调查性报道在我国发展的一个里程碑——新闻界通过自己的调查研究,揭露了黑幕,维护了社会公平和正义。

调查性报道最早也是诞生在美国。早在19世纪末20世纪初,美国的新闻界就发起过著名的"扒粪运动",新闻记者中盛行调查之风,不遗余力地揭露政界和商界的黑幕丑闻,这使得报纸赢得了人们的信赖和尊重。

调查性报道通常需要耗费大量的时间、精力,而且一项调查往往要面对来自社会方方面面的阻力,记者本人有时还要面对被调查者的威胁,人身安全都无法保障(例子中的刘姝威就曾受到过恐吓)。正是因为如此,调查性报道始终无法成为新闻报道的主流。可是毫无疑问,这种报道类型是非常具有威力的,有的时候会产生巨大的社会反响。

你是否看过美国著名影星达斯汀·霍夫曼主演的电影《总统的全班人马》?这个电影讲述的就是美国历史上两位著名的新闻记者伍德沃德和博恩斯坦,通过自己历时约两年的调查和报道,终于将当时的美国总统尼克松赶下台的事。这就是著名的"水门事件"。试想,两位年轻的记者居然能够把总统拉下宝座,可见调查性报道的威力多么巨大!

电视诞生以后,由于人力、物力、技术手段都远远超过报纸,所以很多电视台都很青睐调查性报道。我们耳熟能详的中央电视台的《焦点访谈》,就是一档非常具有影响力的新闻调查性栏目。

调查性报道对新闻记者提出了更高的要求。这些要求不仅体现在专业性上,更体现在人格和品质上。要想成为一名优秀的调查性报道作者,不但要有很强的业务能力、深厚的专业知识,更重要的是要有高度的责任心和道德感,还要有不怕困难与危险的勇气。只有这样,才能真正做到不遗余力地揭露黑幕、维持社会的和谐与透明度。

调查性报道虽然在形式上没有什么严格的要求,但是有一套不成文的"程序规范"。通常,记者都要依照这个特定的程序来进行。

第一步:寻找线索,做出假设。我们经常说,记者应该具有"新闻敏感",也就是善于发现他人难以发现的新闻事件和线索。记者通过种种信息渠道,敏感地发现某个公司、某个机构或某个人物出现了异常的情况,并大胆地做出假设。这和科学研究很相似:记者对事情有了确实的假设之后,才能像科学家一样去证明它。

第二步:调查研究。一旦确定了假设,记者就可以开始进行调查研究了。这是一条漫长而充满艰辛的路。被调查对象通常都不会很愉快地接受采访,而且往往还要对记者的调查工作设置很多障碍。有的时候,记者还要被迫隐瞒身份,以避免可能的人身伤害。调查研究工作大多要经历很长时间的明察暗访,这对于记者的耐心和毅力也是一种考验。

第三步:撰写报道。在调查研究结束之后,记者就可以开始撰写报道了。调查性报道通常篇幅都比较长,写作过程中也要遵循客观、中立、冷静的原则,一般不直接发表记者自己的观点和评论,而是引述相关人士的话来说明。如何正确、有效地来引用他人的话,也是一门技巧。当然,最重要的还是要把事件讲清楚,把自己的重要发现告诉读者。

调查性报道可以算是新闻报道中比较具有"攻击性"的类型。由于调查性报道通常以揭露政治腐败、经济弊案等重大社会问题为主旨,因此深受广大读者的欢迎。我们通常所说的媒体"舆论监督"功能,很多时候都是通过调查性报道来实现的。

由于在调查研究的过程中,记者要面临很多的困难和障碍,因此调查性报道往往涉及很多法律、伦理、道德的问题。这些我们在后面会进行详细的介绍。

特写:有趣的东东

"特写"是一个很宽泛的概念,通常就是指报刊上刊登的那些具有趣味性的"软性"的报道。特写这种题材存在的目的是为了让读者得到休闲与消遣,所以那些重大的新闻是很少用特写的方式来报道的。相反,那些有趣的、具有知识性的轶闻趣事反而很适宜用特写这种题材来报道。

我们还是先来看一个例子：

布什一句"干得多棒" 砸了总统形象
2005年12月31日《杭州日报》

语出惊人俨然快成为美国总统布什一项尽人皆知的"特长"。作为一国首脑，公共场合发表言论的机会自然少不了，偶尔说错话也情有可原。但要论及说错话的频率及"轰动效应"，还是难得有人追赶得上布什。

美国一家语言机构29日公布本年度"布什语录"，总统先生在救灾十万火急时的一句"走嘴"荣膺榜首。

表扬亲信毁形象

连任第一年，对布什而言实在风波不断，民调支持率更是屡创新低。这期间，救灾不力无疑是布什引发民怨的原因之一。

引用美国媒体点评，飓风"卡特里娜"对于美国民众心理的打击不亚于"9·11事件"。在救灾环节，美国时任联邦紧急措施署署长迈克尔·布朗的缺少作为饱受诟病。

就在此时，布什却对这名亲信公开褒扬。一句"布尼（布朗的昵称），你干得多棒啊"立竿见影引发强烈争议，简直是搬起石头砸向自己在灾民心中的形象。而10天后，布朗引咎辞职，难掩讽刺意义。正因如此，在全球语言监测机构29日公布的"2005年布什语录"排行榜上，这句不合时宜的评语登上第一位。

全球语言监测机构主席保罗·佩亚克认为，这一声

"布尼"恐怕数年内都别想淡出人们记忆。

自创新词出洋相

全球语言监测机构对语言使用情况进行监测，专用"布什语录"(Bushism)一词形容这位总统"令人难忘的辞令或自创的新词"，甚至还进行总结排名。

年末盘点，布什部分"语录"的确令人捧腹。

在3月谈及何时能通过社会安全法案时，布什的答语让人摸不着头脑。"这要按时间表走，要越快越好，"意识到两者不尽相同，他连忙补上一句，"不管怎么说啦。"

就在上个月，布什还就非法移民问题慷慨陈词，"这些非法进入本国的人们触犯了法律"。

而在9月召开的联合国60周年全球首脑峰会上，他上演了最让人哭笑不得的一幕。恐怕担心再次"失语"，布什这一回选择诉诸笔端，给女帮手、国务卿赖斯递去一张小纸条，不料被路透社记者拍个正着。

但见纸条上书："我想上一趟厕所，这可行么？"

语言错误很低级

"全球媒体继续为这种'布什语录'所着迷，"全球语言监测机构在其网站上写道，"事实上，在过去5年中，乔治·布什总统一直在为一些注重文学、语言学的人们提供大量有趣的素材。"

客观来说，布什今年的语言能力应该算有所提高，至少已经没有像前几年一样抖出一些"布什词汇"。

佩亚克就戏谑道，布什恐怕是"最具创造力"的白宫主人。比如，他曾脱口而出"重低估"，意即严重低估。尽管英语为母语，布什甚至还犯过不少小学生都能避免的语法错误。

对于自己的语言能力，布什自己也心知肚明。当布什母亲芭芭拉为文学慈善机构筹集资金时，布什曾自我解嘲说："有人觉得，我母亲参与文学慈善事业，是由于没能把我教好而感到愧疚。"

从这个例子中可以看出，对于"特写"来说，最重要的就是"有趣"。还记得吗，我们在介绍"新闻价值"的时候，其中有一个很重要的标准就是"趣味性"。特写这种题材，就将趣味性发挥到了极致，以至于新闻事件本身是否重要、是否显著反而无关紧要了。

特写虽然不是报纸上最重要的内容，却是必不可少的内容。我们曾经介绍过，报刊有娱乐的功能，"特写"这种形式的报道就是报刊娱乐性的最佳载体。

特写所选择的题材是多种多样的，可以是新闻，也可以只是一些街谈巷议的趣事。所以很多学者认为，"特写"其实并不应该属于新闻报道的范畴。

当然，对于严肃的重大新闻是不应当用特写的方式来表现的。可是特写却经常能够表现那些容易被其他报道类型忽略的故事和细节。这些故事在令人们获得轻松、愉悦的同时，也能让人们更加全面地了解与观察世界。

对于新闻记者来说，写"特写"并不是一个苦差使，因为特写既不像"倒金字塔"那样有严格的格式要求，也不像解释性报道那样需要丰厚的专业知识储备，更不会像调查性报道那样要求记者有超人的勇气和毅力。特写报道的内容可以是灵活多样的——只要具有趣味性，都可以报道。特写通常没有什么结构上的要求——只要读起来轻松活泼，就可以。所以，现在绝大多数报纸上都会刊登一定数量的特写，这可以让报纸的整体风格显得更加亲切，不会严肃得让读者感到沉重。

消息、解释性报道、调查性报道和特写是目前我国报刊上最常见的四种报道类型。这四种报道类型在题材、方式和社会功效上各有侧重和不同。分辨这四种类型的报道，有助于我们更加有效地阅读报刊，获取需要的资讯。而只有对这四种报道类型各自的特点有了深入的了解，我们才能够冷静地评判一篇报道写得好不好、一个记者是否优秀称职。

正是因为我们所处的这个世界是千奇百怪、变幻莫测的，我们每天所要面对和接收、消化的各类信息也十分多元。报纸作为一个综合性的"信息大熔炉"，必须要具有非常强的整合和编辑能力，把这些信息按照一个合理的次序和结构呈现在我们面前。因此，报纸必然需要多种新闻报道的体裁。多样化的体裁使多样化的信息传递更加迅速、有效。

可是要真实、全面地反映这个世界，光依靠新闻报道的分类是不够的，还需要更加细致的系统协调和分工。那么作为"生产"新闻的机构——报社，又是怎么运行的呢？

从社长到记者

如果说报纸是一道"信息大餐"，那么毫无疑问报社就是烹调这道大餐的"后厨"。我们知道,后厨是一个各司其职、系统运行的地方。报社和厨房一样,也是复杂的有机体。报纸上刊登的每一篇报道,都是很多人合作"生产"出来的。这就是新闻报道和文学作品的不同之处——文学作品是个人的劳动创作,而新闻报道是社会协作劳动的产物。

在这一节中,我们将走进报社这个"信息大餐"的总厨房,清楚地了解各种新闻报道都是如何生产出来的。

新闻生产"流水线"

新闻报道并不是记者一个人的劳动成果,而是集体劳动与协作的成果。我们先来通过一张图表看看报社一天的运作流程:

时间	人物	工作内容
6:00	报社主编	早餐会
	各部门主编	汇报昨晚工作情况,确定当天的报纸内容
6:30	所有编辑记者	根据早餐会的安排进行编辑排版
		白班编辑开始工作,随时指派记者采写突发新闻
10:00		最后截稿时间。所有稿件必须交到编辑手里
		遇有突发事件要临时调整版面
12:00		所有版面编辑校对完毕,送往印刷
14:00		报纸被送往报摊
16:00	报社主编	总结会
	各部门主编	总结当天新闻工作,确定第二天的新闻选题
18:00		夜班编辑开始工作,随时指派记者采写突发新闻

晚报的工作流程

通过这张图,我们大致可以了解新闻生产的一般过程了:

1.选题:报社领导和各部门主编通过开会的方式来总结昨天的工作,确定当天报纸要选择哪些题材或事件进行报道。这个就要应用到我们前面介绍过的"新闻价值"的原理了。记者和编辑如果自己有很好的选题,也要提交到这个会议上来讨论。报纸的内容要实现基本全部确定,才可以正式开始工作。

2.采写:选题确定之后,负责不同领域的记者们就要分头工作,开始新闻的采访与写作。比如,选题会上决定要报道北京市西城区拆迁的新闻,那么负责这一新闻的记者就要打电话了解相关情况,采访负责人,并迅速写好新闻稿。

3.编发:记者写好稿件之后,交给相应版面的编辑。接下来的工作就是编辑做的:根据要求对新闻稿进行修改和删减、制作醒目的新闻标题、搭配合适的新闻图片、规划报道在版面中的位置,等等。

4.校对:编辑将自己负责的版面编辑完成之后,交给校对人员,由他们对内容进行最后的检查,包括错别字、语法错误、表达错误等等。

5.印刷:当天报纸所有版面都编辑校对完毕之后,将"大样"送往印刷厂印刷。

6.上摊:发行人员将印刷好的报纸送往报摊。

可见,我们读到的每一篇新闻报道,都是不同的人、不同的部门合作劳动生产出来的。现代的报社是一个机制复杂、连续运转的机构,报纸的每一位雇员各司其职,只有这样才能够保证每天那么多的新闻和版面顺利、高效地生产出来,与读者见面。

从这个流程中我们可以看出,在新闻生产的过程中,有三类人发挥了最关键的作用:报社领导(总编、社长、主编)、编辑、记者。那么他们都是如何工作的呢?

报社领导:总指挥

我们首先以美国《纽约时报》为例,看一看报社内部的组织机构:

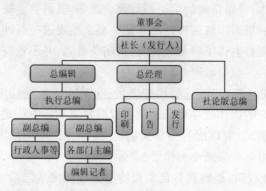

报社内部的组织机构示意图

从这张图我们可以看出:社长(发行人)和总编辑(执行总编)是报社的最高领导。

社长是报社运作的最高责任人。在商业经营为主体的西方,社长对报纸的董事会负责;在我国,社长对报纸的上级主管部门负责。社长并不实际参与新闻生产,而是从宏观上把握报社的整体运作情况、制订发展方略规划以及指挥报社的经济运营与内部管理,为报纸盈利。在西方,一个报社通常还有"总经理"这个职务,专门负责经营印刷、广告等经营业务。这一点在我们中国有所不同。在中国,一般没有"总经理"一职,经营管理都在社长职责范围内。社长往往会任命一位或几位"副社长"来分担自己的工作。关于报社是如何经营、如何赚钱的,我们在第三章里会介绍。

总编辑是报纸内容的最高责任人。总编辑全权负责报纸的选题、新闻的编发、版面的安排和协调。总编辑的业务水平在很大程度上决定了一张报纸的整体水准。那些具有高度新闻敏感度、优秀协调能力和组织能力的总编辑,往往能够使自己供职的报纸在激烈的内容竞争中取得优势。举例来说,中央刚刚出台了一个关于个人所得税纳税新办法的条例,那些优秀的总编辑会立刻发现这个事件具有重大的新闻价值。于是他会迅速组织记者对相关的专家进行采访,对其可能产生的社会影响力进行调查,策划专题报道,等等。而平庸的总编辑可能只会把这个事件看作一般的新闻,发条消息了事。

当然,总编辑也不直接从事具体的新闻生产工作。他的使命在于把握报纸的"编辑方针"。总编辑有权力决定什么新闻上报,什么不上报;什么新闻在要闻版报道,什么新闻做头版、头条,什么新闻因为可能会引发不良的社会反响而应当予以"雪藏",等等。所以,总编辑的性情、喜好和价值观往往对报纸的最终形态有很重要的影响。

总编辑是怎样影响报纸的最终形态的?我们不妨来比较一下同一天北京几张都市报的头版:

同样是2006年11月24日这天的报道,同样是在北京出版发行的都市报,其头版、头条内容却完全不同:《新京报》的头版头条是《社保基金审出71亿违规》;

《北京晨报》则是《养路费征收符合法律规定》；《京华时报》是《公安部曝6种涉众经济犯罪》。我们知道，现在报纸竞争非常激烈，光北京市每天就同时出版11份日报。各个报纸在抢新闻的过程中往往不相上下，你有的我也有。那么报纸之间拼的是什么？是新闻的统筹和安排。大家都有相同的新闻素材，可是有的报纸强调这个，有的报纸强调那个。《新京报》放在头版的消息，可能会被《北京晨报》放在第六版、第七版。这个时候就

《新京报》头版

要看各报总编辑的风格和编辑方针的差异了。好的总编辑不但不会忽略重要的新闻，而且深谙读者心理，能够按照合理的次序安排新闻，这样才能够在竞争中为自己争取到更多的读者。

可是每天的新闻千千万万，一张日报往往有上百个版面，总编辑一个人来指挥，岂不要累死？

《北京晨报》头版

《京华时报》头版

正是因为如此,在总编辑之下还分设副总编和各个版面、专题的主编。总编辑把一些比较具体的工作分别交给不同的副手来处理,如一位副总编负责国内新闻,一位副总编负责国际新闻,下属的各个副刊、子刊、增刊还有各自的主编,总编辑自己只是在宏观上把握及拍板决定那些下属们无法处理的问题。这样,整个编辑系统就可以有机、高效地运转了。

在机构示意图中还有一个"社论版总编",这是因为在西方的报纸编辑中,"新闻"和"评论"是严格区分开的,这在我国并不明显。所以我国的报纸通常没有"社论版总编"一职,报社的评论内容通常由一位副总编来负责,他也要接受总编辑的领导。

编辑:为他人做嫁衣

编辑是不直接进行新闻采访和写作的,但是编辑对新闻报道的最终形态有决定性的作用,这是为什么呢?

我们先来看个例子,看看记者的报道经过编辑的工作后发生了怎样的变化。

民主党决意削减驻伊美军

2006年11月14日《京华时报》

　　美国民主党多名参议员12日对媒体说，民主党将在今后数月内利用国会多数党地位推动美国从伊拉克撤军。白宫表示，愿倾听来自不同方面的声音，但不会接受固定撤军时间表。跨党派的伊拉克研究小组定于13日、14日分别垂询美国总统乔治·W·布什、英国首相布莱尔、白宫高官和民主党外交政策领导人，收集他们的伊拉克政策观点，为提交政策建议最终报告做最后准备。美国媒体认为，美国的对伊拉克政策走向正处于重要关头。

民主党要分阶段撤军

　　民主党在参议院多名头面人物12日透过媒体发出削减驻伊美军呼声，他们分别是当选参议院多数党领袖哈里·里德、参议院军事委员会当选主席卡尔·莱文和参议院外交关系委员会当选主席约瑟夫·罗比内特·拜登。

　　"我们需要在今后4到6个月内开始分步从伊拉克重新部署美军，"莱文在美国广播公司(ABC)"戴维·布林克利本周访谈"节目中说，"公众强烈表示，他们不买政府政策的账"。莱文随后接受电话采访时又说："关键在于向伊拉克人传达信号，(美国对伊拉克)不作肯定承诺的状况就此结束了，他们必须自己解决问题。"里德在美国哥伦比亚广播公司(CBS)"面向全国"节目中回应了莱文所谓"重新部署"的说法。拜登也发表同样观点。

民主党参议院今年7月提出两项削减驻伊美军数量的议案,但遭共和党控制的参议院否决。布什政府一直反对设置撤军时间表,争执由来已久。

但民主党暗示他们认可布什对罗伯特·盖茨的国防部长提名。"我倾向于投票支持他(盖茨),"里德说,"非常坦率地说,不是他在那个位置上,就是拉姆斯菲尔德在那个位置上。"

共和党愿听新建议

民主党参议员公开发表政见时,共和党阵营拒绝沉默。

白宫办公厅主任乔舒亚·博尔滕说,布什愿意倾听民主党人建议,对"新观点""新气象"持开放态度,但不会制定具体撤军时间表。

"大家知道,我们愿意谈论一切问题,"博尔滕在"戴维·布林克利本周访谈"节目中说,"我认为,我们不会接受导致自动撤军的日程表观念,因为那对伊拉克人民来说可能是灾难。但莱文参议员和拜登参议员所说的正是我们一向准备并仍然准备做的事,那就是,向伊拉克政府施压,使其独立管理国家。"

面对民主党分步撤军的呼声,共和党参议员约翰·麦凯恩在美国全国广播公司(NBC)的"面对媒体"节目中提出针锋相对的观点。他说,"当前形势不可预测",美国在伊拉克的任何撤军行动都会给整个中东地区造成混乱。麦凯恩说,可能需要更多美军以维护稳定,根除反美武装,结束教派冲突,加强伊拉克军队力量,"如果我们释放撤军信号,(伊拉克总理)他会同其他势力达成妥协,因为他知道那是无可避免的结果"。

布什会见伊研究小组

跨党派的伊拉克研究小组由共和党人、前国务卿詹姆斯·贝克和民主党前众议员李·汉密尔顿联合领导。

布什与他的外交班子13日将在白宫同研究小组会面。研究小组还将与国防部长唐纳德·拉姆斯菲尔德、国务卿康多莉扎·赖斯、国家情报总监约翰·内格罗蓬特和中央情报局局长迈克尔·海登分别举行会谈，并通过视频技术与英国首相托尼·布莱尔探讨伊拉克问题。小组打算14日与民主党外交政策领导人会面。

伊拉克研究小组有望在今年年底之前提交报告，向布什政府推荐一系列对伊新政策。民主党人表示，不会在报告出台前推出撤军决议案。报告对美国伊拉克政策走向的影响不言而喻。

《纽约时报》13日说，贝克在美国中期选举前责成部分小组成员着手起草报告部分内容，但其他小组成员没有看到任何草稿。

研究小组一些成员推测，贝克特意等候中期选举产生结果，也许他认为，民主党胜利会使白宫无从拒绝小组所提建议。

贝克公开了自己的一些观点。他认为，迅速撤军或许会导致伊拉克内乱甚至内战，而对伊拉克分而治之可能不会有好效果。

虽然白宫做出广开言路的姿态，但白宫发言人达娜·佩里诺说，布什仍然坚信，如何部署驻伊美军的决定应由美军前线指挥官做出，这一立场"没有在11月7日突然改变"。

这是记者报道后写成的原始稿件。经过编辑工作，变成了如下形态：

《京华时报》国际版

我们来观察一下，看看编辑都做了哪些工作：

1.依照版面的要求对新闻稿进行修改和删减。我们可以看到，原稿有将近2000字，篇幅太长，而版面是有限的。所以编辑会依照自己的标准和判断对稿件进行适当的删减工作。

2.制作标题、安排版面。前边我们讲过，标题对新闻来说是非常重要的，通常标题就是对新闻主要内容的一个概述，而制作标题的任务就落在了编辑身上。在这则新闻中，编辑不但用黑体、加粗、通栏的形式来制作主标题，还制作了一个肩题——利用美国国会多数党地位。

这种"大张旗鼓"的方式可以显现出这则新闻的重要性。利用标题和版面位置来表现新闻重要性的大小，是编辑的重要工作之一。我们来看下面这个例子：

《京华时报》社会版

在这个版面中有三则新闻，显然最上面那个用大号字体制作标题的《一份假质检报告致六人丧命》是最重要的，而其他两则《炼地沟油小贩望风而逃》和《司机20万偷卖公司挖掘机》次之。

3.编辑的第三个重要工作是为新闻报道配图片。现在的报纸大多都是彩色印刷、图文并茂。新闻图片通过再现新闻发生的现场，有助于读者更好地理解新闻、解读新闻。每个报社都有一定数量的摄影记者，摄影记者往往要跟文字记者一同出去采访，拍摄图片，然后由编辑来挑选、修正、刊发。有的时候，报社还会从一些通讯社购买新闻图片，比如《民主党决定削减驻伊美军》这则报道的图片来源就是新华社。新闻摄影是一项技术性很强的工作，那些摄影记者通常都是受过专业训练的。

4.安排突发新闻采访。我们说过，新闻是"正在发生的历史"，因为每时每刻都在发生着新鲜的事。报社在开选题会的时候，不可能完全预见到在新的一天之内会发生什么。所以当有重大突发事件出现的时候，编辑必须非常敏锐地察觉并及时派遣记者去现场进行采访，以免造成"漏报"的后果。通常，各个报社对于漏报的过失都会有严格的惩罚措施。而如果某编辑新闻敏感和反应速度超过其他报社的编辑，在其他报社之前抢先编发了某突发新闻，这就是我们所说的"独家新闻"，报社对此也会给予褒奖。

有人说，编辑工作是"为他人做嫁衣"，这是有道理的。通常，人们都会认为新闻报道是记者写出来的，其实里面也凝结了编辑的很多心血。事实上，几乎所有的编辑都是做记者出身，而且只有那些优秀的记者才会被选拔担任编辑工作，因为做一位合格的新闻编辑不仅需要敏锐的"新闻感觉"，还要有良好的全局观。编辑不能只盯着单独的新闻事件不放，而是要善于从整体上把握新闻与新闻之间的联系。而且，编辑作为记者与报社领导之间的协调者，必须具有很好的沟通与协作能力。

记者：亲历新闻的人

对于记者这个职业，我们再熟悉不过了。通常，记者留给人们的印象是:信息灵通、文笔好、无所不在、传播消息。在西方,人们称记者为"无冕之王",认为记者手中握有很大的权力。

报社的记者有两项重要的工作:采访和写作。

采访就是记者最重要的工作,也是记者获得新闻素材的办法。当一个具有新闻价值的事件发生,记者要在第一时间赶到现场,通过自己的观察和对相关人员、机构的采访而获得与新闻事件相关的各种信息——时间、地点、人物、事件的来龙去脉、发生的原因、发展的趋势和结果,等等。有的时候,记者仅仅在现场采访还不能获取足够的资料与信息,还要在事后通过网络、电话、传真等其他方式进行采访。

新闻采访是记者最重要的"基本功",要求记者具有非常出色的人际交流与沟通能力。由于工作需要,记者通常要和各种年龄、职业的人物打交道,上至国家领导人,下至普通老百姓,形形色色、三教九流。各行各业都有自己的特点,记者要想获得真实、有效的信息并不容易。许多写作调查性报道的记者有的时候还不得不隐瞒自己的身份,以获取被采访对象的信任,减少阻力,尽管这种行为的合法性目前仍然存在争议。

采访是写作的基础。没有扎实的采访,写出来的新闻报道即使形式再完善,结构再规整,也只是一堆空话套话,没有"干货",都是水分。就像新闻界流行的两句话所形容的:"七分采,三分写"、"工夫在笔外"。

扎实的采访之后,就进入新闻写作阶段了。记者要根据新闻事件的性质和自己采访得到的资料来决定采用什么样的体裁。对于突发性事件,需要抢时间的新闻,当然用"倒金字塔"写消息是最合适的,因为可以迅速地编发出去,第一时间与读者见面。而对于一些比较重大的、长期存在的新闻现象(比如房价上涨),则采用解释性报道、调查性报道等体裁更为合适。

现在的新闻界都实行"跑口制",也就是不同的领域由不同的记者负责采访、报道,这样可以提高新闻报道的效率和专业性。如,对经济学很了解的记者就专门去报道财经新闻,对娱乐圈和演艺界很熟悉的记者则专门报道娱乐新闻,等等。很多记者在某一个领域里从事了多年的报道之后,通常都会成为这一领域的专家。

对于很多人来说,"记者"这个职业是非常神秘的。记者每天究竟是如何工作的呢?从下面这篇文章中,你就可以感受到做一名新闻记者的酸甜苦辣了。

记者的一天

张桂涵

对记者的生活好奇吗?试着想象把自己变成一个微型摄像头,贴在记者的衣服上,去看看他们的一天是怎样工作、生活的吧。

先来做个自我介绍,我是北京一家都市报的记者,已经干了六年了。不过现在,我可要改行了——做你们的"导游",让你们真正了解一下记者的生活是怎样的。

记者的作息

你是几点起床?或许是6点半,因为家离学校不是很近，坐公交车就需要些时间了。而且咱们都不提倡上课迟到，一般来说要早到一点儿，所以你们起床都比较早。起床吃完早饭，到了学校，要交作业，上自习。

记者的生活可不像你们的生活这么有规律，基本上记者们的生活是很不规律的。

在我了解的范围内，大多数记者不喜欢早起。相反，喜欢睡懒觉的人挺多，大家还都会计算着时间，看一个星期有几天是可以晚点儿起床的。因为我们晚上经常有繁重的工作要做，也许是写稿子一直到八九点钟；也许是在准备采访，阅读很多相关领域的资料；或者是和同事们开会，进行下一个题目(采访内容)的选题策划；当然，我们还可能在这个下班之后的时间，与回家休息的采访对象联络感情……

这些工作成果有的体现在报纸上，也就是你们看到的新闻报道。有的却可能只是前期的投资，成果可能过些日子才能看到。不管怎么说，晚间时光是不少记者工作的黄金时间，因此记者很可能在这个时段是最忙碌的。忙得兴奋了，也就不能很早睡了，于是很多记者都练成了"夜猫子"，所以早起对很多记者而言都是很痛苦的事情。

这里要告诉大家一个小秘密，就是现在不少领域的专业人士都对媒体越来越关注，甚至会依照记者们的作息时间，尽量减少上午开发布会的机会，而改在下午或者晚间。

虽然你们现在还没涉及到职业选择的问题，但是你们应该尽可能地了解各种职业的特点，你会知道这个职业的特性,什么人适合做,以及职业前景等等。这样,将来上大学选择专业的时候,你就会懂得比同龄人多得多,可能更加接近自己喜欢的职业。

前面跟大家介绍了一下记者的作息时间,是不是觉得这个职业还挺有挑战的?好了,让我来带你们进入记者各种各样、奇妙的一天吧。

当"准记者"的日子

当这一天到来的时候,其实我的感受不是很深。倒是一直憧憬的日子非常令我怀念。上大学选专业的时候,我最想学的是法律,当时的想法很天真,觉得这样一个专业充满正义,尤其可以帮助弱势群体。后来,高考不顺利,我没有考上法律系,却"意外"幸运地上了新闻系。

从上大学开始,我就到处找活儿干,所以也记不得什么时候真正开始记者生涯,第一天的概念对于我是陌生的。

上大学第二年,我就开始到当地的一家电视报去实习了。那是一家只有10多个人的小报纸,比起我现在工作的有400多个编辑记者的报社要小很多。但当时,我觉得那是一个很有意思的地方,他们要写稿、编版、做言论,我还去过那里的机房,好像只有四五台电脑,但也足以做一张完整的报纸了。我去那里干的是实习生的活儿,听老师安排选题,然后去操作,最后成稿,然后拿一点儿稿费。我就用拿到的钱,买书旅游。

说到当上记者,应该是从那时开始,因为那段时间我做的采访都是独立完成的。一个人单兵作战,去接触社会的方方面面。那时我采访过主持人、电视剧明星(当然不是很有名的)、国际留学生、股评专家等等,他们形形色色的外貌与性格让我非常着迷,我时常在采访之后,会想为什么他们是这样表现的,他们不在记者面前是什么样的……

在那家电视报锻炼了一年,我收获不小,不仅有采访经验的增加,还有社会阅历的丰富。如果你想成为一名优秀的记者,就好好利用大学四年的美好时光,别小看这几年的经历,会让你受益无穷。

最危险的一天

从正式当上记者那天,到现在已经6年多了,庆幸的是哪天都不是重复的。这是我认为记者这个职业最大的魅力所在。

每天都是新奇的。所以说起最难忘的一天,很难寻找出来跟大家分享。

我记得,曾经在做暗访记者的时候,有一次跟报社里一个资深的摄影记者去探访一个制作"黑心月饼"的窝点。那是在北京顺义的一个小村子,到后来文章都发表出来了,我还不知道那个地方叫什么。难忘的是,村口两旁栽着高高的白桦树,在深秋的风里,沙沙作响。去的时候已经将近下午3点,但事先约好的线人一直没出现,我们的车停在村口的集市旁两个多小时。于是就和老记者聊天,天色渐渐漆黑,最后两个人都困了,打起盹来。

突然,后排车门被打开,一个人窜了上来,我马上清醒了过来,只听他说了句:"观察了好久,我才认为你们真是记者。不然,就让你们白等!"

按照线人的说法,我们到了村子里面一户人家,他家养了一只大狗,冲着我们狂叫。屋里的人出来了,全是1米8左右的大汉,脸上的表情还算友好。我们马上跟他们洽谈业务,但他们一直在追问是谁介绍去的。这是一个最棘手的问题,线人的身份不能暴露,我们又不能暴露身份,幸好我们不停在跟他们讨价还价,并且胡诌出了一个"老刘",才算蒙混过关。我趁着老记者跟他们聊天的时候,去了加工作坊,看到了"黑心月饼"的整个制作过程。月饼陷都是散放在地上,用的是地沟油一样的黑油,大量的工业用糖,还有干活小工黝黑的手指……我当时特别气愤,但是不能表露。

在愉快地洽谈完生意之后,我跟着老摄影记者一起走出来,那帮人还送了出来。我们拎着最后付钱买的三盒月饼,慢慢地上了车。但这时,其中一个人走到了车门,往车里看,当时我的心提到了嗓子眼儿,要吸引他们注意,于是用车门狠狠地撞了自己一下,大叫了一声:"哎哟",果然那个人把脸转向我,问了一句:"车里怎么还有不少衣服?"我赶紧说,是天气冷,带的大衣。幸亏当时天色已晚,他恐怕也没看清楚里面是什么,于是我们顺利坐上车,开了出去。

回城区的路上,老记者一直没说话,默默抽烟。快到报社的时候,他突然说了一句:好险啊。而我的心情也一直没有平静,但也没想很多,觉得完成任务就可以了。"你不知道吗,刚才多险,那个地方如果被发现,打110,人家都找不着。还有,就算顺利出了黑窝点,但线人如果有歹意,不带咱们出来,在一个连路灯都没有的地方,咱们还能活着吗?"

当时我心凉了。可能长这么大，没几次心凉的感觉吧，但那次特别强烈，可能是因为后怕。

最温暖的一天

帮一个男孩子找爸爸，是我做过的最温馨的采访。

在贫困的生活中，那个男孩子的父亲体会到了人间冷暖，终于在一个夏天离开了家。此后三天，男孩子和母亲苦苦等待，却杳无音信。于是，他们把寻人请求传递给了报社，我开始了这段最温馨的采访。

在这个采访中，没有出现一个大人物，都是北京底层市民，一个15岁的男孩和他的妈妈。这一家三口的生活一直窘迫，在男孩子父亲出走前，他所在的工厂面临倒闭，很可能要下岗。也许是沉重的生活压力导致父亲的出走，也许是多年来的不愉快导致他离家，到采访最后也没有答案。

一间9平方米的平房，住了三个人，邻居说他们已经半年没交水费，以至于要把全院的水都停了。家里唯一值钱的东西是一台7000多元的台式电脑，男孩子妈妈跟我说，这电脑是他爸爸中午在单位吃了半年多馒头咸菜攒出来的。

男孩子跟我说，他对这样的父母只有"恨"，但说着说着就哭了，他对命运的不公充满了"愤恨"。谁也知道，一个人没有办法选择他的父母，但谁也不想有这样的父母，可如果已经出生在这样的家庭，你该怎么办？

男孩子的母亲是个很内向的人，跟她认识那么久了，也没多说几句话。她有深度近视，因为没钱治疗，几乎失明。但就是这样一个人，让我觉得很温暖。

儿子买电脑的钱，原本可以给她治疗眼睛，但她说，这些也不够，不如满足孩子的愿望。丈夫离家出走，她默默地祈祷他平安无事，但从没提过要他回来。问她，她流着泪说："他人老实，一辈子很不容易，如果一个人在外边高兴，我们不用他惦记。"说起儿子，她很自豪："他是靠自己考上的中专，学习也好。将来有个工作，能自己养活自己就成。这房子将来给他住，我去住敬老院。"

人在最艰苦的条件下，才会展现出真实感人的一面。这个母亲在丈夫不知去向，家里失去经济来源的情况下，想到的全是丈夫和孩子，没有自己。

这个贫困家庭的报道持续了一个多月，男孩子的父亲还没找到。我的采访工作结束了，但跟男孩子一家还有联系。男孩子中专毕业，找到了一份工作，和母亲生活在一起，而他的父亲还没有下落。

最自豪的一天

前不久，我从丹麦采访体操世锦赛回来。飞机上大多数是欧洲人，中国人很少。因为采访没白天没黑夜的，上飞机前已经48小时没睡，所以坐在椅子上，就睡得昏天黑地。

睡了吃，吃了睡，就这样过了10个小时。到北京的时候，已经将近中午，强烈的阳光从飞机的窗户射进来，我的眼前突然一亮：坐在前排的中国乘客拿着一份报纸，上面是我写的稿子，一整版全是文字，他正看得津津有味。我心中那自豪感油然而生。快下飞机的时候，我突然有种冲动想去问问他，究竟看什么觉得那么过瘾，没想到他把那个版面小心地叠起来，揣在了兜里。当时我想，这几天为了写稿子,把肩膀累坏了,手都抬不起来了,可看到这样的读者,什么都值得了。这份职业带给我的荣誉不少,但这一幕是没奖状的,没鲜花的,没赞歌的,只有几个最普通的动作,却是最高的礼遇。

通过这一节的介绍,我们了解了新闻是如何生产出来的。从领导整个报社的社长、总编辑,到"战斗"在新闻工作第一线的新闻记者,每个人都是报社这个巨大的"信息厨房"的一分子。新闻报道并不是个人的创作活动,而是社会协作劳动;任何一篇具有社会影响力的优秀新闻报道,都是报社各个部门和人员同心协力共同完成的。所以,新闻报道所呈现出来的价值观,其实是整个报社的编辑方针的体现,绝不能认为是新闻记者个人意志的反映。

正是因为"新闻"不是由记者一个人"创造"出来的,而是由报社这个复杂的社会机构"生产"出来的,所以报纸和新闻的存在必然也会引发一系列相关的问题。新闻总是真实的吗?新闻中描绘的世界是现实还是幻境?这是我们下一节要解答的问题。

从真实到谎言

新闻的定义是:对新近发生的事实的报道。也就是说,新闻报道必须是真实的。可是你是否注意到,最近一些年来所谓"假新闻"在媒体上频繁出现,有些新闻虚假到离谱的程度,可是人们仍然固执地相信那是事实。

报纸究竟是否值得人们信任？记者究竟都有哪些权利和职责？我们又该以一种什么样的态度来面对报纸、面对报纸引发的种种问题？读过这一节之后，你就会明白了。

新闻中的世界

在现代社会中，我们对世界的观察和认识，大多是通过媒体来实现的。

我们每天生活在一个很狭窄的圈子里，能够接触到的人，除了父母、亲戚，就是学校的老师、同学了。可是我们却可以了解大洋彼岸的美国发生了什么事，我们也可以知晓国家又有了什么新的法律和政策。这都是媒体的功劳。加拿大有一位名叫麦克卢汉的学者曾经说过：媒体是人的延伸。这个观点受到了很多人的认可。你想啊，我们的眼睛所能看到的范围是非常有限的，可是如果阅读报纸、看电视、上网，我们就能够"看到"几千里外发生的事，这不就等于媒体把我们的视觉范围扩大延伸了吗？美国学者李普曼也曾经说，媒体构建了一个"拟态环境"，也就是说媒体通过新闻报道等方式给我们模拟了一个世界，我们接触媒体就可以对世界有一个清楚的了解。

可是需要注意的是：无论媒体是人的延伸也好，是对世界的模拟也好，都有一个重要的前提，那就是媒体所反映或模拟的世界是真实的。否则，我们所看到的世界就是歪曲的，甚至是虚假的。正是因为如此，媒体就具有了真实反映世界的使命。媒体反映世界最重要的手段就是通过新闻报道，因此新闻报道必须真实，绝对不能虚构和杜撰。

可是出于种种原因，各种"假新闻"、"伪新闻"还是会时不时地出现在我们的视线里，妨碍我们对世界的观察。有些假新闻有很明显的破绽，而有些则难以辨认。让我们先来看一段资料：

18岁少年作家因情自杀
生前高考作文获得满分

【首发媒体】《法制晚报》

【出笼时间】2005年7月5日

【"新闻"】6月20日，年仅18岁的少年作家蔡小飞因女友移情，从天津一家宾馆的13层跳下自杀。在他自杀前几天还参加了高考，并写下"高考反文"——《留给明天》，批判当前的教育应试体制。该文一石激起千层浪的同时，也意外地获得了满分。

【真相】7月11日，《北方网》报道："天津教育招生考试院7月11日正式向外界澄清事实：天津高考考生中没有蔡小飞其人，在网上流传的获得满分的高考作文，也系子虚乌有。考试院有关负责人告诉记者，网上的有关传闻完全是虚假和不负责任的。"7月16日，《法制晚报》编辑部说明真相并郑重致歉："经查，本报7月5日B9版刊发的《18岁少年作家因情自杀》一文属严重失实。该文编发的具体经过是：本报娱乐版组在周选题会上确定采写一篇有关上世纪80年代后期作家心理问题的稿件。7月4日编辑在网上发现了有关'少年作家蔡小飞自杀'的消息,便决定以此为新闻由头,组织一篇探讨青少年心理健康的新闻分析。记者就此事采访了一些专家,但却未核实'蔡小飞自杀'的真伪就仓促成稿。现在了解到,'蔡小飞自杀'一事是一条虚假新闻,违背了新闻真实性的最高原则。查明真相后,本报迅速召集全体采编人员进行反思,对相关责任人进行了纪律处罚,并制定了更严格的新闻采写纪律和审核制度。前天,本报已对此条消息进行了更正及致歉,今日再次向读者郑重致歉。"

【点评】 这篇报道是该报实习生以网上博客的不实消息作为材料依据而采写的,既违背了新闻真实性原则,又违反了不得直接从网上转载新闻信息的规定。据调查,不仅所谓"少年作家蔡小飞自杀"事件纯属捏造,而且连"蔡小飞"也是网上博客杜撰出来的人物。

(择选自《新闻记者》2006年第一期)

　　《新闻记者》每年都会评选年度"十大假新闻"。这则《18岁少年作家因情自杀》的报道名列2005年度"十大假新闻"第七名。

　　毫无疑问,假新闻的存在就像一个不和谐的音符一样,严重误导读者。当然,绝大多数时候记者编造假新闻,或道听途说,把原本很小的事情夸大,本意并非是故意要"作恶",而多半是迫于报社的工作压力或自己也被错误的信息误导了。这里面涉及到记者的职业操守问题,我们在后面会介绍。对于读者来说,最重要的是:如何应对假新闻?

经过前面的介绍，我们已经知道，一张报纸的整体风格并不是由记者或者编辑决定的，而是由报纸的整体编辑方针决定的。我们有的时候会说"某某报纸是大报"、"某某报纸是小报"，其实并不是指报纸的尺寸大小，而是指报纸风格格调的高低。

所谓"大报"，是指那些运作非常正规、报道非常专业、自律意识非常强的严肃报纸，也叫"质报"。比如我们都很熟悉的美国的《纽约时报》、英国的《泰晤士报》都是全世界闻名的"大报"。这些报纸由于有自己的观点和立场、坚持客观公正的新闻专业主义报道方针、关注重大时事问题而为自己赢得良好的声誉。人们通常更倾向于信任这类报纸。这类报纸发行量可能并不大，可是却非常具有影响力。

而与之相对，还有一些以所谓的"软新闻"、社会新闻为主要内容的报纸，通常刊登具有趣味性的街谈巷议、社会奇闻，使用大量图片，有的时候甚至不惜以暴力、色情来吸引眼球。这类报纸就是我们常说的"小报"，也叫"大众报纸"、"量报"。英国的《太阳报》、德国的《图片报》就是非常有名的大众报纸。这些报纸通常发行量巨大，读者人数众多（比如《太阳报》有450万的日发行量，而《泰晤士报》仅30万），可是人们买这些报纸多半是为了消遣、娱乐，而不是为了获得信息。所以，这些报纸对舆论的影响力是很小的，是纯粹的"休闲报"。

"大报"和"小报"其实并没有高低优劣之分。正如美国学者夏德森所说，报纸要么"提供信息"，要么"讲故事"，满足的是人们的不同需求。对于重要新闻的了解，人们通常都会选择信任所谓的"主流大报"的报道。由此可见,"公信力"对一张报纸而言,是至关重要的。事实上,绝大多数假新闻、流言蜚语、不切实际的报道,都是从所谓的"小报"开始流传的。

我们青少年正处于积极观察与学习外部世界的重要时期,因此我们绝不能什么报都读、拿起来就读,而是要首先选择那些具有良好声誉和公信力的报纸。休闲小报虽然能够让我们读得更加惬意和愉快,但它对于我们正确地理解新闻、正确地认识世界是没有什么帮助的。

你可能会有疑问:难道所谓的"大报"就绝对不会有假新闻吗?

事实上,任何事情都不是绝对的。即使是那些全世界闻名的主流大报,也都在"假新闻"这个问题上栽过跟头。1981年,《华盛顿邮报》的女记者珍妮特·库克撰写了一篇新闻报道《吉米的世界》。在报道中,记者通过对一个叫"吉米"的吸毒小男孩生活的描述,来反映青少年吸毒的社会问题,在社会上引发了巨大的反响。这位记者因此获得当年的"普利策新闻奖",这是美国新闻界的最高奖,对于一个新闻工作者来说是最高的荣誉和评价。可是没过多久,就有人察觉了可疑之处,并开始调查,最终发现整篇报道居然都是记者编造出来的,是一篇彻头彻尾的假新闻。从那以后,珍妮特·库克名誉扫地,她所获得的"普利策新闻奖"也被收回。

连《华盛顿邮报》这种大名鼎鼎的报纸都造假,我们还能相信谁?

其实不然。《华盛顿邮报》固然因为这件事而蒙受了耻辱，可它作为美国主流大报的地位并没有丝毫动摇。这是因为在漫长的历史中，《华盛顿邮报》始终坚持自己的专业理念，它的公信力是一点一点积累和建筑起来的，并不会因为一次偶然的"失足"而丧失殆尽。这就是我们要尽量相信那些信誉高、口碑好的报纸的原因——意外有可能会发生，可是根基是很难动摇的。

在我们中国，由于大众媒体的历史不如西方悠久，所以在所谓"小报"和"大报"之间或许并没有一个明显的分野。大多数报纸都很年轻，有的甚至还没有形成自己的风格。这就要求我们在读报的时候要细心观察与思考，要从整体上考量报纸的风格，看它是否适合自己。事实上，现在没有任何人有时间把一天内所有的报纸都读一遍，也没有这个必要。我们要选择适合自己的报纸，选择我们认为具有"公信力"的报纸来读。因为一旦某张报纸在读者中确立了良好的口碑，它往往会更加努力地维护这个成果，更加自律和可信。

如果再把思考延伸一些，我们会发现其实"媒体中的世界"所存在的问题不仅仅只是"真实性"问题。比如说，对于某一个新闻，有的报纸报道，有的报纸就不报道；有的报纸这样报道，有的报纸就那样报道；有的报纸在头版报道，有的报纸在很不起眼的角落里报道；有的报纸会在事情发生后第一时间内报道，有的报纸则会观察一段时间后才报道。报纸做什么、不做什么，其实都是在表明自己的一种态度。那些专业性强、有公信力的报纸，往往会按照严格的标准对内容、方式和版面进行最合理的安排，以尽最大可能真实地反映世界。而有些报纸，一味地追求经济收入、吸引眼球，什么消息有噱头就登什么，毫无公信可言。

媒体中的世界究竟是现实还是虚幻？其实是一个没有答案的问题。我们中国有句古话：尽信书不如无书。我们在读报的时候，也要"留一个心眼"，保持清醒的头脑。对于重大新闻，不要轻信于某一张报纸的一面之词，因为记者编辑也是和我们一样的普通人，他们也有自己的价值取向和判断，他们可能会不自觉地按照自己的喜好来报道新闻。我们说过，新闻不是艺术品，并不是由某个人"创作"出来的，而是很多人"协作生产"出来的。所谓"生产"，就是对"原料"进行加工，使之变成另外一种形态，再推销给别人。大家手中的"原料"可能是一样的，可是制造成"产品"之后，模样就千奇百怪了。我们这些读者，也是"消费者"，要学会甄别、判断。

报纸固然是我们认识世界的重要工具，可是这工具也有"走样"的时候。作为工具的使用者，我们要随时保持清醒的头脑，分辨什么是真的，什么是假的。就算不能分辨，也不要过多地相信那些耸人听闻的"新闻"，毕竟对于我们来说，读报最重要的目的还是获取信息，而不是猎奇。

记者的操守

我们常说，新闻记者是"无冕之王"，蕴涵的意思就是：新闻记者手中握有巨大的权力。在西方国家，尤其是美国，几乎所有的政府官员都要对记者毕恭毕敬。

20世纪70年代，还发生过总统尼克松被两个年轻记者"拉下台"的"壮举"。记者手中的笔真的有那么大的力量吗？

其实记者的权力被人们夸大了。从本质上说，记者只不过是从事新闻报道的专业人员，他们的任务只是发现和传播新闻，并没有评判对错的权力。可是由于媒体具有强大的舆论引导功能，所以某些现象或某个事件经过记者的报道便有可能成为舆论关注的焦点，这又使得记者的身份变得有些特殊。

记者究竟应该如何正确地运用手中的权力，这是一个在新闻界争论不休的问题。可是，无论人们对此持什么观点，有一点是没有人否认的，那就是作为一名新闻记者，要遵守一定的职业规范和道德准则。

记者之所以要遵守一定的职业规范与道德，并不仅仅因为记者要真实、准确地报道新闻，不能造假，更是因为记者在进行新闻采访和报道的过程中有可能会出现很多法制与伦理上的问题。当面临利益与道德抉择的时候，记者的道德感和责任心就显得非常重要了。

1.职业道德与社会公德之间的艰难抉择。

我们还是先来看两个例子：

例1：

一组摔倒照片引发网民热议记者职业伦理
2005年5月11日《北京青年报》

本报讯 昨日，数家新闻网站转载了一组发生在厦

XINHUA

门的新闻照片。这组照片记录了一位骑车人在暴风雨中碰到路上的水坑而摔倒的全过程。新闻事件尽管不大,但网上的评论却高达200多条,网民争论的焦点,在于记者传达新闻的责任和社会公德心之间应如何平衡。

■网友评论:批评之声大于赞扬

这组照片忠实记录了5月9日下午,一名骑车人冒雨经过福建厦门市厦禾路与凤屿路交叉路段时,因自行车前轮突然陷入一水坑,身体失去平衡摔倒的情景。当日下午,一场暴风雨袭击厦门,市区道路上的多处水坑让不少骑车人栽了跟头。针对这组照片,很多网民认为记者不就路上有坑提醒路人,而是守株待兔看着路人落难的做法应受谴责:"照片拍得倒是精彩,可拍照的人太缺德。明知有坑不设路障,却满怀信心地等着人栽跟头","记者肯定知道会出事,就在一边看着,鄙视"。

但也有赞扬这位记者职业道德的，如，"记者做得很好很客观，记者本来就是以旁观者身份存在才是专业的，如果其介入那么他就不是一个专业称职的记者了，他就变成义工了"，"看来马路陷阱确实该好好整顿一下了，摄影记者报道得很及时啊"。也有个别网友认为该受指责的不是记者，"摔跤者真可怜，厦门市有关部门应该负责"。

■拍摄记者：对于网上指责感到很委屈

摄影记者柳涛接到本报记者电话时并不清楚他的照片已成热点话题了，他刚刚从那个有坑的地方回来。他在电话那头很认真地说："我刚去看了，那个坑被填平了，但不够牢固，再来一场大雨，可能还会形成水坑。"

他介绍了拍这组照片的全过程，"当时厦门有台风、暴雨，我经过这个路段时，有个人见我背着摄像机，问我是不是记者，我说是。他说，这路面有个坑，已经有人在那里摔过跤了，你们媒体最好报道一下。我照着他指的地方去看，一片水汪汪，不要说坑了，整个路面都看不清楚。出于新闻记者的敏感，我就端着相机在那里等，后来有一个骑车人经过时摔倒了，于是我把过程拍了下来。"

对于"守株待兔"的指责柳涛觉得有些委屈。他说："摄影记者这个职业有时候的确很残酷。当时狂风暴雨，我在那里坚持了差不多一个小时才等到那个场面。如果没等到，我根本不能用照片说明那里有个水坑。拍不到那个坑，有关单位或许不够重视，今天就不会填补那个坑，这样的话，就会有更多的人可能在雨中摔跤。"柳涛还告诉本报记者:"我拍完这组照片后,还在附近的施工处拿了一块牌子摆在那里,提醒路人。"

■新闻学者:新闻事件平衡点很难掌握

传达新闻信息的责任让记者柳涛做了一个忠实的记录者,但他遭到了"缺少公德心"的指责。关键时刻,记者传达新闻的义务和公德心应如何取舍?有没有较好的平衡点?

从事新闻职业道德及伦理研究的中国青年政治学院新闻传播学院院长展江认为两者很难取舍。

"因为公众对正常发生的事情一般不太感兴趣。如果只拍一个坑,很难让大家觉得这个地方很危险,要引起公众的阅读欲和重视程度,就需要一些冲击力强的照片。冲击力的照片怎么得来?首先不能摆拍,但等待新闻事件发生又损坏了公众心目中记者的职业形象,平衡点很难掌握。"他说,即使在"新闻从业者应该是不偏不倚中立的观察者"已形成共识的西方国家,记者在这种情境下应该如何作为的争论也都一直存在。

■编后:

这组照片忠实记录了整个新闻事件的过程,视觉冲击力强,从摄影角度来说是一个很成功的抓拍。但这组照片又一次引发了对一个不算太过新鲜话题的争论——记者传达新闻的义务与社会公德心之间应如何平衡。

容易使人们联想到的类似事例很多,最典型的要算是赢得1994年普利策新闻特写摄影奖——《饥饿的小女孩》的记者凯文·卡特因为无法承担社会舆论的指责而选择自杀一事。再比如几年前,湖南嘉禾高考作弊事件中,曾有人指责记者为什么有时间偷拍,却不事先举报。今后这样的争论恐怕也不会少见。究竟该如何取舍,恐怕还需要公众一起研究,寻找答案。

例2:

普利策奖得主摄影家
无法承担社会舆论指责而自杀
来源:人民网

普利策新闻奖是美国新闻界最高奖。在1994年4月公布的获奖名单中,"特写性新闻摄影"奖项获得者是南非"自由记者"凯文·卡特拍摄的一张苏丹小女孩的照片。然而,就在普利策颁奖仪式结束3个月后,卡特用一氧化碳自杀身亡。

一年前,凯文·卡特来到非洲国家苏丹采访。一天,他看到这样一幅令人震惊的场景:一个瘦得皮包骨头的苏丹小女孩在前往食物救济中心的路上再也走不动了,趴倒在地上。而就在不远处,蹲着一只硕大的秃鹰,正贪婪地盯着地上那个瘦小生命,等待着即将到口的"美餐"。凯文·卡特抢拍下这一镜头。在各国人民中激起强烈反响。这就是后来获得普利策新闻大奖的那幅照片。

凯文·卡特之死是记者追求好的新闻、精彩的镜头,与社会公德之间尖锐冲突的结果。对凯文·卡特来说,那张照片传遍世界后,人们在寄予非洲人民巨大的同情的同时,更加关注那个小女孩的命运。成千上万的人打电话给《纽约时报》,询问小女孩最后是否得救。而与此同时,来自各方的批评也不绝于耳,甚至是在凯文·卡特获得大奖之后。人们纷纷质问,身在现场的凯文·卡特为什么不去救那个小女孩一把?

正是因为无法忍受外界公众与自己内心的道德困惑和越来越大的精神压力,凯文·卡特在获得大奖仅3个月后即走上不归之路。

上面两个例子,一中一外,都是曾经在全社会乃至全世界引发激烈争论的新闻记者职业伦理问题。

几乎所有国家的新闻职业准则中,都会规定:记者的使命在于真实、客观、公正地报道新闻事件。可是在实际的操作过程中,记者却经常不得不面对职业准则和社会道德之间的矛盾。比如说在上面两个例子中,两位记者可以说都很好地履行了自己的职责——报道真实的事件。可是他们却为此饱受争议和社会舆论的指责。南非记者卡特甚至因为无法承受社会舆论的压力而自杀。这就是新闻记者在每天的生活中所要面对的两难境地。

对于这个问题我们应该怎么看待呢？

尽管在社会上，多数人会谴责记者的这种为了追求新闻效果而不惜"牺牲自己的良知"的行为。可是我们也应该看见，这些新闻事件经过记者的报道之后所引发的社会效益会远远大于记者仅仅到现场去拉人家一把。比如说，在第一个例子里，这篇报道见报不久，厦门市政府就立刻重视了道路施工问题，很快妥善地修整了行人骑自行车容易摔倒的路段，尽最大可能杜绝了此类事情的发生。可是如果没有记者的这组照片、这篇报道，或许仍然会有很多人在这个地方摔跟头。记者当时的"冷漠"或许让人们有些不舒服，可是我们也应当看见记者拍照、报道新闻的全过程，其实是一种更高的社会责任感和良知的表现。

在关注记者手中的权力的同时，我们也不要忘记，记者也是普普通通的人。像大多数人一样，记者也是有社会公德和良知的。可是有的时候，为了追求更高的社会责任感以及实践自己的新闻专业理想，记者不得不牺牲"小我"以成全更加高远的"大我"。南非记者凯文·卡特在获得新闻界最高奖普利策奖之后选择自杀，就是因为他是一个拥有崇高道德和良知的人，即使他的职业理想得以实现并被全世界承认，他仍然无法承受舆论带给他的压力和内心的自责。

所以，我们在肆意批评新闻记者为了追求报道效果而不惜牺牲公德的时候，要设身处地地站在记者的角度上想一想。其实每一个职业的人都会面临这种道德上的两难抉择。对于医生来说，即使面对的是一个恶贯满盈的江洋大盗，他也应该悉心救治，因为这是他作为医生必须遵守的职业准则。对于记者也是一样。放下笔来，记者是和我们一模一样的人。可是在工作的时候，记者有自己独特的使命和责任，应该得到全社会的理解和支持。

2.记者与被采访对象。

我们介绍过，采访是记者日常工作中的最重要的部分。正是因为在采访的过程中需要面对形形色色的人，所以新闻记者也通常要面对形形色色的问题。

第一个就是"有偿新闻"的问题。

我们知道，报道新闻是新闻记者的责任和义务，记者的工资收入应该是由报社来支付的，记者不应该从新闻报道过程中牟取私利。可是由于新闻媒体具有引导舆论、吸引人们视线的功效，所以很多企业、个人出于种种目的（比如商品宣传、个人炒作等）通过给记者"红包"的方式而获得被报道的机会。对于这种新闻，我们习惯称之为"有偿新闻"或者"红包新闻"。而被报道者给记者的"红包"往往也有各种名目，比如"车马费"、"润笔费"等。金额的大小往往也有不成文的规定，双方对此都心照不宣。

有偿新闻是我国新闻界屡禁不止的一种现象。这种现象甚至已经成为一个隐性的"行规"，人们已经见怪不怪。有一位资深记者曾经披露过其中的一些内幕：

　　一位从业7年的同行告诉记者，他在多家媒体做过记者。据他了解，记者可获取的收入来源很广，除了单位的工资和稿费外，还有灰色收入和黑色收入两个来源。所谓的灰色收入指的是私下里给别的媒体写稿挣稿费以及已被大家认同的新闻发布会上的"车马费"(红包)，在某些媒体还包括被许可的拉成广告后的提成。而黑色收入则指的是记者利用手头的版面和栏目的权利，私下进行的金钱交换，最为恶劣的是，是借着曝光的名义向采访对象索要钱财。这类钱财，无论是记者主动索要的还是采访对象主动找上门给的，都为各媒体所禁止。

　　一位朋友告诉记者，他过去在某全国性媒体《××××报》做记者的时候，每月报社的工资和稿费只有3000元不到，但他通过开会时的"红包"和私下给别的媒体撰稿，一般能达到3000元以上，往往高于从报社拿到的收入，如果遇上一个月给企业写了几篇大的公关稿则会更多，最多的一个月，他的灰色收入将近1万元。

　　北京某公关公司的麦小姐向记者证实了这一点，她说每次给企业布置新闻发布会，都会给被邀请的记者车马费，也就是红包，目前的行情，一般记者的车马费是200~300元，如果是专访安排则是600~1000元，而全国性电视媒体的红包最多，三人小组出机采访的"车马费"会高达4000~5000元。除了新闻发布会外，有时，企业会要求个别的专题稿件，这时，她会去约个别记者撰稿并在记者所在媒体发表,此时,给记者的辛苦费会达500~2000元。倘若遇到企业在做危机公关,还会更多。

在西方,收取被采访对象金钱的行为是极大的忌讳,其严重程度和捏造假新闻相当。如果记者因收受贿赂而被报社发现,他通常会被立即开除,并且毕生都不再可能被任何媒体雇佣。由于我国没有专门的"新闻法"来规范新闻界的行为,新闻界行业规范条例也不够完善,所以尽管所有的新闻媒体都明令禁止记者收红包,但这种现象仍然存在。

有偿新闻并不是一个简单的职业道德问题,而是一个复杂的社会问题,其中涉及到记者的素质、行业标准、国家法制建设等方方面面的问题。自律的记者应该抵制有偿新闻,让报纸成为真正的"社会公器"。

第二个问题,是他人权益的侵犯和保护问题。

由于新闻采访是新闻记者从被采访对象口中获得信息的过程,因此就必然涉及到对被采访对象隐私权、名誉权等相关权益的保护问题。在我国《刑法》和《民法通则》中有明文规定:"因新闻报道严重失实,致他人名誉遭到损害的,应按照侵害他人名誉权处理"、"未经他人同意,以书面、口头形式宣扬他人的隐私……造成一定的影响的,应当认定为侵害名誉权行为"。

然而,在实际的新闻采访和报道过程中,很多时候记者很难把握好相关的尺度。也有一些记者为了追求轰动效应,不惜"铤而走险"。

请看下边这则发生在"偷拍"盛行的香港的例子:

TWINS偷拍事件闹大　民众投诉创记录

2006年8月28日《北京青年报》

在马来西亚演出时被偷拍换衣照片　香港某刊图文齐发引来轩然大波——

最近一周,香港人气偶像女艺人Twins中的阿娇(钟欣桐)"换衣偷拍"风波越闹越大,事发地马来西亚警方大表震怒,下令彻查,并希望偷拍事件的受害者阿娇能亲自向马国警方报案。而香港市民对媒体此举表示了极大不满,港府也考虑将曝光照片的刊物查禁。

■阿娇已到警察局报案

上周六下午,钟欣桐和代表律师会面后,在所属的公司职员陪同下,到湾仔警察总部报案,案件交由中区重案组调查。钟欣桐及其经理人霍汶希等人,在警察总部逗留约两小时后坐车离开。钟欣桐的经理人霍汶希表示,已经将事件交由警方处理,希望杂志公开道歉,并交还所有相片的底片。较早前,公司已经派人到事发的马来西亚报警。

钟欣桐于昨日早上接受电台访问时表示,当日见到3个《壹本便利》的记者采访她的活动,而事发的后台更衣室有两排镜子,不明白为什么杂志可以成功偷拍。她又指过去数天心情很差,不能入睡:"有人借此事件在网上说一些难听的话,我不想经常提起这件事,但如果我不说话,事情又不会有结果。"

照片曝光后,《壹本便利》销售火暴,随即宣布加印。

钟欣桐对此非常不满,说现在去哪里演出,都会担心有否被偷拍。

■打破"刘嘉玲事件"时的投诉纪录

香港湾仔警察总部警务处长李明逵表示,虽然事件发生在马来西亚,不过如果受害人有需要,香港警方亦可以提供协助:"淫亵物品审裁处跟进中,如果审裁处觉得需要警方的协助,我一定会全力协助,如果涉案的受害人觉得需要马来西亚警方的协助,我们亦可通过国际刑警向马来西亚警方转达意愿。"

而马来西亚安全部副部长胡亚桥表示已经接到报案,要先搜集证据再作调查,马来西亚警方会向至少9人录取口供,当中包括女艺人钟欣桐:"由于当时据她所知,在房间里香港娱乐公司的工作人员较多,马来西亚警方已经要求香港国际刑警协助我们调查案件。"

昨天,香港影视及娱乐事务管理处表示,至今收到逾1700宗投诉,超过了前几年"刘嘉玲事件"时的投诉数目,打破该处涉及淫亵及不雅刊物的最高投诉纪录,主要投诉周刊内容不雅,淫亵物品审裁处已将刊物评定为二级,即属于不雅类别,目前有关方面已准备查禁该刊。

■香港演艺界人士准备进一步抗议

香港《壹本便利》偷拍艺人钟欣桐在马来西亚云顶登台时,在后台换衣的照片,图文22日出版,影视及娱乐事务管理处当天就收到103宗投诉该刊不雅。有市民直斥壹传媒侮辱女性。工商及科技局局长王永平也公开斥责说:"做生意的人也应该有责任感。"

事件不但令阿娇震惊及感到被伤害,更激发大批看不过眼的市民致电电台节目谴责壹传媒。上周六香港商台进行民意调查,90%听众觉得偷拍行为令人反感,2%听众无感觉,8%听众说边看边骂!

记者采访中得知,香港演艺界人士已经准备在演艺协会的组织下,如果事件没有得到解决,将在本周进行大规模抗议行动。

■相关链接

Twins本月18日至19日到马来西亚办"Twins环游世界云顶演唱会",其间钟欣桐(阿娇)在后台被狗仔偷拍换衣服脱胸衣的过程,照片还被刊登在22日出版的香港杂志《壹本便利》封面上。据称阿娇当天得知此事后悲愤交加,当场泣不成声。她表示,当时与一名助手在一间密室关门换衣,密室右边有个嵌入墙的柜子,摆了很多衣服和礼物,因此她怀疑有镜头藏在衣服里面偷拍。

这就是一则典型的新闻记者在当事人不知情的情况下侵犯其隐私权的案例。香港是娱乐业非常发达的地方,娱乐记者也以跟踪名人、偷拍、传播八卦新闻为乐。正是因为如此,香港人称娱乐记者为"狗仔队"。由此可见,如果新闻记者为了吸引眼球、刺激销量而不惜大肆侵犯他人的隐私权和名誉权,不但会受到社会道德力量的谴责,而且还有可能触犯法律。对于这类道德水准低下的新闻报道行为,我们应该坚决予以抵制和批判。

3.客观性:专业主义精神。

在新闻报道的过程中,除了要坚持真实性原则之外,新闻记者通常还要遵守"客观性"的专业精神。

客观性是新闻专业主义的核心观念，最早孕育于19世纪30年代的"便士报"时代，在第一次世界大战后成为西方新闻界普遍接受的重要专业准则。"客观性"的产生和发展具有复杂和深刻的历史背景。

那么"客观性"对新闻记者提出了什么要求呢？美国学者塔克曼归纳出了以下几点：

（1）对于同一事件，要呈现不同的观点和评价，不能依照自己的好恶使报道的言论"一边倒"。

（2）在报道中提供清晰、确实的证据而非含混不清的猜测。

（3）用引号原文引用他人的讲话，不要自己妄自篡改他人的意图。

（4）尽可能地提供丰富的事实材料背景。

客观性原则对记者提出的这四项要求，看上去似乎很简单，其实要想真正实现纯粹的"客观性"，几乎是不可能的。对于记者而言，只能尽自己可能去追求和接近"客观性"。这是因为报纸的编辑方针很难做到完全独立，而是要受到各种社会力量的制约。比如广告商、政府、政党，等等。就连记者、编辑自己的世界观和价值观，也对新闻报道有持续而微妙的影响。

比如说，对于中国和美国因为进出口关税问题发生贸易战的事件，中国的记者和美国的记者报道的取向肯定不一样，这是因为中美媒体与记者的文化背景、意识形态和价值观截然不同，很难说谁更客观一些。所以，客观与否，只能是一个相对的概念，没有绝对的界限。

尽管如此,新闻记者还是应该全力追求"客观性"理想,因为只有尽量客观、公正地把新闻呈现给读者,读者才能够不受记者的观念的影响和引导,形成自己独立的思考和见解。

新闻记者的职业操守不仅仅是新闻记者自己的道德问题,更是整个新闻界和社会的体制问题。新闻记者应该自律,自觉地遵守职业规范;相关的法律和法规也应该更加完善,同时对记者和被报道者、被采访者的权益进行法律的保护。目前我国的新闻媒体正处在成长、发展时期,必然会有诸多不尽人意的地方,甚至会有丑恶现象存在。对此,我们在谴责的同时也应该问一问自己:我们究竟应该做些什么?

我与报纸打交道

报纸不就是每天读的吗?还有什么交道可打?

如果你这样想,那就错了。报纸作为一种重要的信息传播媒介,已经渗入到我们日常生活的方方面面。我们随时随地都可能会与报纸、与记者发生关系。比如,你正走在大街上,可能就会遇到记者采访,问你对某个事件的看法。还有,你在读报的时候,是否经常会看见有的新闻后面会标注:新闻线索由某某提供?这表明这条新闻的线索并不是记者自己发现的,而是由普通市民向记者提供的。为报纸提供新闻线索,也是我们与报纸打交道的重要途径之一。

如果有记者采访我们,我们应该如何应对?

我们先来看几个反面的例子。

1.在某个突发卫生事件的新闻发布会上，一位官员为了减轻公众的恐慌情绪，反复强调说："我们省6000万人口，才死了5个人，有什么大不了的？"

2.有的政府官员自以为聪明，接受采访时大耍"外交辞令"、"滴水不漏"，虽然没给记者抓住任何"把柄"，可是公众想知道的一句没讲。结果，有的记者胡乱摘编几句塞责，而敬业的记者又不得不四处"扒料"，写出一些政府不希望见到的内容。

3. 今年禽流感时，有一个市长在记者招待会上说："我们国家几千年来鸡瘟一直存在，禽流感和鸡瘟差不多嘛，没什么好大惊小怪的。"

4.某一次有关公共卫生事件的新闻发布会上，有记者问：听说这次发生的流行病是鼠疫，请问你怎么看？我们的官员拍着桌子发起怒来，说："你这样说是要负法律责任的！"

5.某市发生了火灾，市长接受采访，说："非常抱歉发生了伤亡事件。我们城市最近发生了一系列安全事故，上个月刚刚发生了一次火灾，去年也发生过类似事情……"这些事情，本来记者们都不知道，结果记者顺着市长提供的"线索"，一路纠缠下去。

（节选自2005年1月5日《中国青年报》）

上面列出的这五个例子，都是政府官员在应对媒体采访的时候所作出的错误的或者不合时宜的反应。由于媒体手中握有舆论监督的巨大权力，所以在人们的观念里，被媒体"曝光"是一件很丢人的事。对此，我们应该有健康和清醒的认识：记者进行新闻采访的目的是获取事实、信息，而不是要污蔑谁、陷害谁。所以在面对媒体采访的时候，我们要将心态放平和，这样才能树立良好的形象，而不会起到反作用。

上面五个例子中被采访者的言论和反应，都是不可取的。那么我们究竟应该怎样做呢？

第一，要讲真话，不能撒谎。这个是我们的媒介素养中很重要的一点。新闻是对事实的报道，所以记者要保证自己采访获得的内容是完全真实的。如果被采访对象对媒体说谎，最终往往会产生非常恶劣的后果。比如在"水门事件"中的美国总统尼克松，就是因为频频对媒体和公众撒谎，才最终导致名誉扫地。其他的错误只能算是政治问题，而说谎却是人品问题。那些对媒体说谎的人，其个人名誉通常都会受到极其严重的影响。

第二，要讲实话，不讲空话。记者所需要的信息是"干货"，也就是实实在在的内容，而不是空话套话。要知道，你的话越实在，也就越有新闻价值，记者才越重视。否则，采访活动就没有任何意义。

第三，要顾及人之常情，不要耸人听闻。在第一个例子中，这位政府官员一句"我们省6000万人口，才死了5个，有什么大不了的？"显然是为推卸责任而故作惊人之语，不但让人听起来极不舒服，而且也显得这位官员很冷酷、没有同情心，其在媒体上的形象自然会一落千丈。

第四，要有的放矢，不要漫天乱说。记者在新闻采访中提出的问题通常都是很有针对性的，比如"您对个人所得税征收标准调整有什么看法？"有的人在接受采访的时候,一顿神侃,从税收制度说到中国申奥,再到朝鲜发展核武器,完全把记者当成了自己发表政治观点的听众。这样不但不会起到良好的效果,而且很多原本很有价值的观点也可能被这些不相关的话题给冲淡了。

第五,要不卑不亢,态度谦和。我们经常听到某某人对媒体"耍大牌",说的就是有一些名人对待媒体采访态度粗暴傲慢,以前还发生过谩骂、殴打记者的事。这些都是不尊重记者的表现。还有一些人,一见到记者采访就紧张。尤其在我国,由于长期以来党报具有特殊的地位,所以党报的记者经常被人们视为"当官的",与记者讲话就像下级对领导讲话一样。其实这两种态度都是错误的。记者作为一个普通的职业,和医院的医生、商店的售货员是一样的。被采访者与记者之间应该是平等的交流和对话。同样,接受记者采访也是自愿的,而不是强迫的。如果你不想接受采访,就对记者言明"我不想接受采访"或者"我无法回答你的问题"。

当然,与报纸打交道不仅限于接受报纸的采访,还包括很多方面。比如,有的读者喜欢思考问题,对一些新闻事件有自己的观点和看法,那么他(她)就可以自己写时事评论,投往报社。如果他(她)的评论写得很好,经常被刊登,那么他(她)就会成为报纸的固定撰稿人。还有一些人,对新闻工作很感兴趣,那么他(她)就可以通过为报社提供新闻线索、撰写新闻稿的方式,成为报纸的特约通讯员。

当然,对于大多数人来说,最重要的还是了解报纸的运作规律,清楚新闻报道的特点和类型,每天能够有效地读报,尽可能获取充分和有用的信息。

　　报纸、报社和所有其他的社会机构一样,也会存在这样那样的问题。报纸作为重要传播媒介,对人们的生活有巨大的影响力,所以新闻界的问题有的时候会显得很尖锐。有一些问题,根深蒂固,比如有偿新闻、记者收红包等,需要更加完善的法律和制度环境才能根除;而有一些问题,通过新闻从业者的自律和媒体的自我规范就可以改善和解决。但是作为普通的读者,我们也应该发挥起对媒体和媒体从业者进行监督和批评的作用,对新闻界出现的扭曲、丑恶的现象,要坚决予以抵制。

　　新闻媒体是全社会所有成员共同拥有的文化资源,因此每个人都是传媒的主人。只有我们每个人都树立了正确的、健康的媒介观,我们的新闻界、我们的社会和国家才能越来越好。

谁是报纸的衣食父母

三

你知道吗？

★通常，报纸都是"赔钱"卖的。一份报纸的印刷成本通常要3~4元，可是售价仅为1元或5角。

★我们打开一份报纸，通常会发现有一半的版面都刊登了各种广告。

★美国总统杰弗逊曾经说过：若要由我来决定我们是要一个没有报纸的政府，还是没有政府的报纸，我会毫不迟疑地立即回答，我宁愿要后者。

越来越厚的广告页

通过前面的介绍，我们已经知道了报纸的运作是一个非常专业和复杂的过程，不仅仅是一个创造的过程，也是一个消耗的过程。那么报纸是依靠什么生存的呢？你或许会说，一份报纸不是还卖1块钱吗，光是卖报的收入应该就很可观了吧？那么我告诉你，其实通常印刷一份40个版的报纸，连纸张、印刷带人工，成本最低也要2~3元钱。也就是说，每卖一份报纸，报社反而要亏1~2元钱。每天卖出的报纸份数越多，报社赔的就越多。

这就奇怪了：如果报纸是卖得越多赔得越多，那么报社的钱岂不是很快就赔个精光了？

如果你这么想，那你就多虑了。其实报纸并不是依靠"卖报"盈利的。究竟报纸如何生存？这就涉及到报纸的经营问题了。

广告：无所不在

我们打开一张普通的日报，比如《京华时报》，会发现版面上有一半甚至一大半的篇幅都不是新闻报道，而是各类广告。从头版到副刊，甚至连夹页、中缝都挤满了各色广告。有的报纸还会制作专门的版面，没有新闻，全是分割成小格子的分类广告。无论你喜欢还是不喜欢，广告充斥着你的视线。

这就是一张《京华时报》的头版。我们看到，报纸下方大约一半的版面，被广告占据了。

为什么报纸上要刊登广告？这就要从现代报纸诞生初期说起了。

我们曾经介绍过，在1830年左右，第一张便士报《太阳报》在纽约诞生。便士报创办的目的，在于让报纸摆脱政党的控制，成为真正的传播新闻的媒体。

可是如此一来，报纸就逐渐失去了经济来源，因为以往的报纸都是靠自己投靠的政党和

《京华时报》头版

团体的津贴生存的，它们也都要代表各个政党的利益说话。失去了政党的支持，报纸就必须寻找新的盈利途径，以维持报社的运作。于是，报人们想到了广告。

这里说的广告，当然是商业广告。由于报纸具有面向大众发行的特征，发行量大的报纸每天可以出售几万、几十万甚至上百万份。这对于大企业和广告主来说是非常诱人的。于是，一些企业开始在报纸上刊登自己产品的广告，并支付巨额的广告费给报纸。这样，报纸就拥有了一个新的经济来源。

起初，广告收入在报纸的总收入中只占很小的一部分，大部分报纸还是依靠卖报赚钱的。逐渐地，报纸的经营者们发现，如果仅仅依靠卖报赚钱，那么就必须严格地

节约成本。比如，减少版面的数量以节省纸张和印刷费用，尽量少用彩色印刷等等。可是如果总是这么节约，又没有足够的版面空间让广告商刊登广告了。

约瑟夫·普利策

直到19世纪末，美国著名报业大亨约瑟夫·普利策认识到，仅仅依靠卖报来赚钱，不但会非常艰难，而且会逐渐失去广告客户。于是普利策开始制订新的经营策略：降低报纸的售价，却不断地增加报纸的版面。如此一来，他的《世界报》的销量开始突飞猛进。然后，普利策以此作为筹码来吸引大的广告主。果然，大企业蜂拥而至，纷纷要在普利策的报纸上做广告。从普利策开始，广告收入开始成为报纸收入的主体，远远超过了其他收入途径。所以，尽管报纸的售价远远低于印制成本，但广告带来的收入却足以填补这个缺漏。

这种以广告为主要收入来源的经营方式，成为商业报纸的主要经营模式，一直持续到今天。

在我国，改革开放以前，报纸上基本是没有广告的，报纸是依靠政府的津贴生存的。改革开放以后，报纸也逐渐走向市场化经营的道路，广告逐渐成为报业的主要收入来源。到了今天，除了《人民日报》等党的机关报，大部分报纸都是依靠广告生存的。那些发行量巨大的报纸，每年的广告收入可以达到几亿元。

我们先来看一组数据，就可以大致知道改革开放以来，报纸广告膨胀的速度了：

1979年1月4日，《天津日报》成为"文化大革命"之后第一家刊登广告的报纸。

到了2000年，全国报业广告总收入为146.47亿元人民币。

2000年，广告营业额排名前50的报社，广告年收入均超过1亿元。

"六大报"：《广州日报》、《新民晚报》、《北京青年报》、《深圳特区报》、《北京日报》和《羊城晚报》的广告收入都超过了5亿元。（数据来源：方汉奇、陈昌凤主编，《正在发生的历史：中国当代新闻事业》，福建人民出版社，2002年）

今天，广告是报纸毋庸置疑的主要收入来源。在美国，广告收入通常占据报纸总收入的85%。在我国，这个比例也往往高达70%。

发行：生存之本

广告固然是报纸的主要收入来源，可是广告商会随随便便把钱投给你吗？当然不会。

那么报纸如何吸引广告商的"青睐"呢？依靠的就是发行量。对于广告商来说，当然是越多人看到自己的广告越好。所以报纸之间拼广告额，实际上就是在拼发行量。那些发行量大的报纸，通常能够吸引更多和更加财大气粗的广告商。

报纸的发行通常有两个途径：订阅与零售。

什么是订阅呢？不知道你注意到没有，在城市中，几乎每家每户门外都会有自己的报箱。居民想要订阅什么报纸，只要通过邮局提交申请，每天就会有专门的邮递人员把当天的报纸送过来。长期以来，邮局一直是我国居民订阅报刊的重要途径。所谓的"邮发合一"，指的就是报纸的发行和邮递是一个统一的过程。

可是通过邮局来发行也有一定的弊端：邮局是一个庞大的系统，不光发行报刊，还有许多其他业务。因此，依靠邮局的发行，效率比较低。早上出版的报纸，订户有时候要到下午或者傍晚才能收到，这无疑极大地影响了新闻的时效性——人们读到报纸的时候，新闻早就变成"旧闻"了。

为了解决这个问题，一些实力雄厚的报纸开始了自办发行的道路。

所谓自办发行，就是报社与邮局分离，利用自己的人员来发行报纸。自办发行不但可以节省成本，提高效率，而且还能够提高为订户服务的质量，开拓和发展新的读者群。

《广州日报》是我国报纸中自办发行的先行者。该报从1991年开始自己开辟发行渠道，经过10年的努力，报纸的销量从40万份上升到100万份，成为中国南方报业的一个奇迹。在北京，《北京青年报》的自办发行是最成功的。《北京青年报》成立了自己的发行公司，其发行人员因为戴着统一的红色帽子，而被北京市民亲切地称为"小红帽"。长期以来，"小红帽"几乎成了《北

京青年报》的代
名词。

现在，多数
都市报都采取了
自办发行的方
式。在城市里，每
天你几乎都能看
到穿着各色服装
的送报员。一些
报社会专门在订

"小红帽"

户门口免费安装一个报箱，天不亮就把当天的报纸放到
信箱里，让订户打开门就能读到当天的新闻。很多发行人
员甚至到地铁上、饭店里向人们销售报纸。这样，人们随
时随地都可以方便地阅读到报纸。

除了订阅之外，还有一个发行渠道也很重要，那就是
零售。

所谓零售，就是报社把报纸发送到散落在城市各个
角落的报刊亭、报摊，再由报刊亭的经营者向过往的行人
出售。

如果说订阅是为了在时间上方便读者，零售则是在空
间上为读者提供了便利。繁忙工作的人们，每天经过报刊亭
的时候，可以随手买上一份报纸读。在一个中等城市里，通
常会有成百上千个报刊亭，随时为过往的行人提供方便。

报刊亭的经营者通常都很精明，对于不太受人们欢
迎或者发行量很低的报纸，他们也可能拒绝"进货"。在销
售的时候，他们也会把好卖的报纸摆放在显眼的位置。而

"滞销"的报纸,则是很难"上摊"的。因此,对于一些尚处在起步阶段,还没有大量固定读者的报纸来说,还是要更多地依靠自己发行。

正是由于发行量和广告收入有直接的关系,所以"拼发行量"成了报业大战的主题。一个城市读报的人数总是有限的,却往往同时存在四五张、甚至十几张日报,因此报纸之间的竞争相当激烈。

报纸之间争抢读者的方式多种多样。

最重要的,当然是要提升采编的水平,把报纸的质量做上去。报纸的质量不好,使用什么方法也没用。所以,经常会出现这样一种情况:城市里发生了一场火灾,结果所有报纸报道社会新闻的记者都会赶到现场,久而久之,由于经常会在新闻现场遇见,这些记者就成了朋友,共享手中的新闻资源。

除此之外,比较重要的竞争方式是降低报价。尽管每张报纸都有固定的定价(比如5角或1元),但是如果读者一次性订阅1年的报纸,在价格上会享有很大的折扣。当然,如果是在报刊亭卖报,通常就不会有折扣了。在一些城市,价格战达到恶性的程度,很多报纸几乎就是免费赠送,"赔本赚吆喝"。由此可见,发行量对于报纸的生存来说是多么重要。

报纸的发行量通常能够达到多少呢?

对于只在一个城市发行的日报而言,发行量的大小往往取决于同时参与竞争的报纸的数量。比如,在北京,每天都有9张都市报面市,报业竞争异常激烈,所以发行量和广告这块"蛋糕"也要9家一起来分,每一家分到的就不会多。可是在一些中小城市，总共只有2~3张日报，竞争的压力就会小很多。一些相当成功的都市报都拥有巨大的发行量，比如成都的《华西都市报》、20世纪90年代中期的《北京青年报》等等，都曾达到日发行量过百万的惊人数字。与之伴随的，是巨额的广告收入。

近几年来，由于网络媒体的兴起，报业市场受到巨大的冲击，很多报纸的发行量都在迅速"缩水"。2005年被称为中国报业的"寒冬年"，报纸广告收入首次出现大幅度下降。过去那些动辄发行几十万、上百万的报纸，如今都不得不面对发行量和广告额日益下降的事实。在北京、上海、广州这样报业竞争激烈的地方，一张报纸如果能够达到20万的发行量，已经算是相当可观的成绩了。

面对发行量和广告收入的"跳水"，学者和报业经营者们一直在努力寻求解决的方案。

广告为王？

正是由于广告是报纸的主要收入来源，所以广告商自然成了报纸的"衣食父母"。事实上，从报纸广告诞生的那一天开始，关于广告商对报纸的影响的讨论就一直没有中止过。讨论的焦点往往集中在广告商对编辑方针的干涉上。

你可能会说，广告是广告，新闻是新闻，广告只不过和新闻刊登在同一份报纸上，怎么谈得上谁干涉谁呢？

举个例子来说吧。如果某房地产企业是某报纸的大广告客户，每年都在这份报纸上投放大量的广告业务。这时，发生了一个新闻：这家房地产公司的老总因为商业欺诈而被检察机关起诉了。对于这样的一则新闻，该不该报呢？

不报吧，显然违背了新闻报道的专业准则，因为这是一则十分重要的新闻。如果报，那么很可能得罪这个大广告客户，失去巨额的广告收入。在这个时候，广告商和报纸编辑方针之间就产生了尖锐的矛盾。通常，广告商都会对报社施加压力，阻碍报纸报道对自己不利的新闻。

面对这种情况，报纸的编辑应该如何取舍呢？一边是职业道德和规范，一边是自己的"衣食父母"，似乎是一个两难的选择。而在相当多的时候，报纸会向广告商屈服，因为如果失去了经济来源，报纸连生存都成问题，根本就谈不上什么职业理想了。

可是也有一些"有脾气"的报纸，坚决不会让广告商干涉自己的编辑方针。比如美国的《华尔街日报》，就相当"有性格"。曾经有过一个在美国排在前30名的大公司要求该报撤销一则对公司不利的新闻报道，否则就不再购买《华尔街日报》的广告版面。《华尔街日报》的答复是一个坚决的"NO"。于是，那家公司说到做到，真的就把自己的广告投入全部撤回了。可是不久之后，这家公司又后悔了，重新把广告投放在《华尔街日报》上，这是因为《华尔街日报》的发行量和影响力太大了，失去了这个媒体平台，就等于失去了大量潜在的顾客。

由此可见，要想不受广告商的影响，报纸首先要发展壮大自己的实力。如果报纸拥有巨大的发行量和影响力，对广告商就不会那么依赖，也便可以保持自己独立的编辑方针。如果报纸自己的力量很微弱，就很难不被广告商牵着鼻子走了。

当然，我们必须首先承认，广告是报业经营的重要内容，也是报纸生存的根本。尽管广告商会对报纸有或大或小的影响，但不可置疑的是，商业广告机制使报纸在最大程度上获得了独立的地位。

那么除了广告商之外，还有什么机构或者势力对报纸也有重大影响，甚至也可以算是报纸的"衣食父母"之一呢？

"第四权力"还是"党的喉舌"

报纸从诞生的那天起，就与政治有千丝万缕的联系。可以说，世界近现代历史上一切社会运动都与报纸有密切的联系。

1450年，德国人古登堡发明了活版印刷机。当时正是欧洲文艺复兴运动的高潮期，技术进步使报刊的数量迅速增多。新兴的报刊飞快地传播新思想，这直接影响到了欧洲各封建王朝的统治。于是各国都发布种种法令，严厉压制新兴的报刊业。其中最有名的是英国的"星法院法令"。在法国、德国和俄罗斯等国，也都有过类似的法令。这些法令极大地摧残了处于萌芽时期的报刊，使得报刊的发展极为缓慢。

那么近代报刊是怎样冲破政治阻力，获得合法地位的呢？

西方：从政党报刊到"第四权力"

西方近代报纸打破封建势力的压制，是从资产阶级革命开始的。17~18世纪,欧洲各国掀起了新兴的资产阶级推翻封建王朝,建立政权的革命运动。在这个过程里,报刊发挥了重要的作用。资产阶级的政党通过创办报刊来传播革命思想,组织群众推翻封建统治。近代资产阶级政党报刊日益发展成熟。

弥尔顿

17世纪中期,英国著名的诗人、政论家弥尔顿发表了著名的《论出版自由》,从此以后,西方的报刊就开始了争取新闻自由和言论自由的斗争。革命胜利后,新生的资产阶级国家纷纷以不同的形式宣布出版自由、言论自由。比如英国,在"光荣革命"之后,议会就通过了《权利法案》,宣布"国王不得干涉人民的言论自由"。法国大革命后,通过《人权宣言》,规定"每一个公民享有言论、著作和出版自由"。其中最著名的是美国的宪法第一修正案,明文规定:"国会不得制定任何法律……剥夺言论自由或出版自由。"

尽管在法律上,报纸的独立和言论自由受到保护,但在相当长的时间里,报纸并不是传播和报道新闻的媒介,而是政党之间进行争权夺利的工具。各个政党为了夺取国家政权,纷纷通过拉拢、供养报纸的方式来发表自己的言论。正如美国学者布莱耶所说："报纸继续作为主要政党机关报，它们的主要目的是讨论政治问题而不是刊登新闻，报纸反映并加剧了政党政治的恶斗。"在政党报纸的巅峰时期，每个政党几乎都豢养了大量的报纸作为自己的传声筒。报纸之间的争斗甚至从"文斗"发展到"武斗"。比如，在1809年的美国，联邦党拥有157种报纸，民主—共和党拥有158种报纸。开始的时候，双方的报纸只不过是在纸面上互相谩骂，后来竟然上升到"街头大战"的程度。民主—共和党的《综合广告报》主编贝奇和联邦党《合众国公报》主编劳诺就曾在大街上斗殴。还有些报纸纠集流氓捣毁"敌方"报纸的编辑部、印刷厂。此时的新闻界毫无信誉可言，只是政治斗争的一部分。

1830年前后，便士报诞生。如我们前面介绍的一样，报纸开始逐渐摆脱政党的控制。政治上的客观中立为新兴的便士报赢得了大量读者，进而获得了盈利。媒体成为独立的社会机构。

今天，在西方资本主义国家，获得独立地位的报纸被称为"第四权力"。这是为什么呢？

资本主义国家通常都是"三权分立"的，也就是说立法机构（议会或国会）、司法机构（法院等）和行政机构（政府）是彼此独立，互相制约的。而新闻媒体独立在这三大机构之外，不受其他机构的干涉，却可以对其他三大机构进行监督和批评。由于有宪法第一修正案的保护，这种监督和批评的权力是非常巨大的。比如美国总统尼克松，就曾被《华盛顿邮报》的两个年轻记者拉下总统的宝座。现任美国总统小布什的伊拉克政策，也受到媒体的穷追猛打,最终导致在野党民主党在中期选举中大获全胜。

但是,我们也应当清楚地认识到,尽管在理论和法律上西方的媒体具有独立的地位和监督政府的权力,纯粹的商业化运作却使得媒体的"独立性"地位大打折扣。比如在美国,新闻媒体的垄断经营愈演愈烈,时代华纳、迪士尼和新闻集团三大传媒巨头几乎分割了美国的绝大部分传媒机构。这些传媒巨头为了获取巨大的经济利益和政策上的支持,往往和政府保持着密切的联系。在这种情况下,媒体通常是不会对政府提出严厉批评的。传媒巨头大量报道娱乐新闻,制作娱乐节目取悦读者与观众,美国的媒体已经失去了便士报时代的锐气。

尽管如此,媒体作为"第四权力"的地位是毋庸置疑的,言论自由与出版自由的观念在西方国家已经深入人心。

那么在中国,报纸和国家权力机构的关系是怎样的呢?

中国:党和人民的喉舌

1949年之后,中国实行社会主义制度,因此中国的传媒制度和西方有很大的不同。

由于我们的国家是由中国共产党领导的以公有制经济为基础的社会主义国家,所以我国新闻传媒实行的是国家所有的所有制形式。在这种体制之下,报纸经营的资金都由国家财政预算支付,办报所需要的各种物资也由国家按计划供给,报纸的领导也由各级党委指派。

正因如此,在我国出版的每一张报纸都有一个相应的主管部门。我们经常听说,某某报纸是某某机构的机关报,描述的就是这种机制。比如说,《人民日报》是中国共产党中央委员会的机关报,《中国青年报》是中国共青团中央委员会的机关报,《北京日报》则是中国共产党北京市委机关报。

由于报纸被纳入党和国家的行政体系,所以在我国,报纸是有级别之分的。很多发行量非常大、商业

《人民日报》

上非常成功的报纸,其实在系统中的地位并不高。比如我们所熟悉的《北京青年报》,虽然无论发行量还是广告收入都比《中国青年报》大,但由于他们的主管部门的层级不同,所以《北京青年报》只能算《中国青年报》的下级单位。

此外,我国的报纸还可以有"子刊"。比如,《京华时报》就是《人民日报》的子刊。

在我国现行的政治体制之下,所有的报刊结成一张细密的媒介网。

在我国,包括报纸在内的新闻媒体被称为"党和人民的喉舌",也就是说,报纸不但要报道新闻、提供娱乐,还要做好对党和国家中心工作的宣传,为党和国家的方针、

政策提供舆论上的支持。在新闻报道的方向上，要以正面报道为主，弘扬先进、和谐的社会主义文明。

我国的这种独特的社会主义新闻体制可以高效地发挥媒体的各种社会功能，在相当长的时间里有利于统一人们的思想，为国家建设进行有力的动员。

可是改革开放以后，人们逐渐意识到，如果把新闻媒体严格地控制在党和国家的系统之下，报纸会逐渐失去活力。人们无法读到自己关心或感兴趣的新闻报道，而报纸每年耗费大量的人力、物力、资金也让国家财政不堪重负。因此，从1979年开始，我国的新闻传媒逐渐开始实行"事业单位，企业化管理"和"一业为主，多种经营"的方式。也就是说，报纸的所有权虽仍然属于国家，但其自由度却在逐渐放开。国家不再"养"报纸，而是鼓励报纸参与市场竞争。从此，我国的报业市场开始呈现出欣欣向荣的景象。

进入20世纪90年代，中国报业又引进了股份制经营的理念，政策开始允许企业投资办报，但报纸的领导权还属于党和国家，仍然要完成相关的宣传任务。

举例来说，《京华时报》作为《人民日报》的子报，就是由北京大学青鸟集团投资创办的。但是作为党报《人民日报》的子报，《京华时报》也要承担宣传党和国家方针政策的任务。那些不利于国家建设、不利于社会安定团结的报道也是不允许刊登的。

长期以来，在我国，新闻媒体都是作为国家政权的一个组成部分存在。改革开放以后，我们吸取了很多西方新闻传媒经营和发展的经验，建立了崭新的独特的传媒体制。党的第三代领导人还提出了"舆论监督"的口号，鼓励报刊对政府工作进行批评和监督。国家权力机构和新闻媒体的关系发生了很大变化。在以前，党的宣传部门对新闻媒体有毋庸置疑的领导权和管理权。可是现在，党委宣传部也要接受新闻媒体的监督。

中西方传媒制度的不同，体现的是中国和西方国家性质的不同。

西方的国家政权是建立在多党制基础上的，因此新闻媒体必然要处于"中立"的地位，以满足尽可能多的读者和观众的需求。政党之间的争斗往往也要利用媒体，而媒体则往往依靠经济上的独立和政治上的左右摇摆为自己牟利。

中国作为中国共产党领导的多党合作和政治协商的政治体制为基础的社会主义国家，共产党代表了国家和人民的利益，因此新闻媒体必然要为党的领导和国家建设服务。在此基础上，通过采取各种市场化的经营措施和灵活的编辑方针来增强报业的活力，使新闻媒体更好地承担起党和人民的"喉舌"的作用。

报纸会消亡吗

2005年被称为中国报纸的"危机年"，在这一年，几乎所有报纸的发行量和广告收入都出现了大幅下跌。相比于电视、互联网的欣欣向荣，中国的报业仿佛进入了一个漫长的寒冬。

究竟是什么原因导致曾经如此强大的报纸出现这样

的局面呢？

2006年9月1日的《东方早报》刊登过一篇评论，再次提出了对"报纸消亡"的担忧。

报纸会消亡吗？

2006年9月1日《东方早报》

时隔一年，"报纸消亡论"再度抬头。8月24日的英国《经济学家》杂志专门撰文指出，过去的一年再度显露出报纸加速消亡的迹象。无论是媒体受众还是广告收入，资源都出现进一步向网络媒体集中的趋向。

事实上，早在去年更早时间，美国北卡罗莱纳大学的新闻学教授菲利普·梅尔即在其大作——《正在消失的报纸：在信息时代拯救记者》中提出：2044年传统报纸媒体即将走向消亡。作为一个研究报纸工业长达30余年且令人尊敬的专业学者，以精确的数字提出互联网"看起来很轻而易举地就击败了懒散的年老的报纸"，无疑极具震撼力。

传统纸质媒体与现代互联网媒体之间究竟孰优孰劣，从简单的事实上恐难得到确切的答案。唯有进一步深入分析，抽丝剥茧，探究其背后的真相。

抛开新闻的内容不谈，读者选择何种媒介取决于它们的成本与收益之比。如果互联网在技术手段上优于报纸，能为读者提供更高便捷性、更强的互动性和更低的成本，则取代传统纸质媒体只是时间问题。现在支持互联网将取代传统报纸的观点多数源于这一论点，甚至包括菲利普·梅尔在内。的确，现有的数据也在支持着这一观点，报纸的发行量长期阴跌不止,现在15~24周岁的年轻人超过50%极少阅读报纸,甚至成年人的报纸阅读量也呈不断下滑趋势。

但是,作为一个"内容为王"的产业,问题的关键是谁掌握了内容资源的优势,谁就掌握了主动权。传统报纸产业之所以依然屹立不倒,其根本还在于内容优势,新兴的互联网媒体虽然在技术上领先一筹,但是在内容上却依然不及,这也是为何目前互联网媒体虽然发展极为迅速,但是仍然无法在短期内赶超报纸的本质原因。

当然,优势与劣势同样在不断变化之中。互联网可以依托网络良好的互动性和便捷性,将内容的真实性和可读性发展到一个新高度。举例来说,目前网络新闻大多具有留言功能,广大网民的留言评论非但提供了及时的信息交互,同时也使不同的观点得以在同一时间释放,读者可以阅读到不同的观点和评述,包括专业评论与大众观点,并对此鉴别比较形成自己的观点。而传统报纸媒体仅仅提供单一的新闻,一些评论观点也是自说自话,使普通读者难抒胸臆。

在这种情况下,如果报纸媒体能保持客观公允尚好,否则后果不言自明。新闻集团(News Corporation)董事长鲁珀特·默多克(Rupert Murdoch)公开承认:在纽约以外,全都是垄断性报纸。其中一些办得不错,但倾向于写得过火、枯燥乏味、精英化,没有反映大众的普遍情绪。我认为,它们的发行量将比目前下降得更厉害。

新闻媒体作为一项产业,真正决定其生存与否还在于成本—收益比。无论是互联网还是报纸,决定成本—收益的主要是发行量和广告收益。而决定发行量大小的主要是受众群体取得某种媒体的成本—收益之比。

假定内容相当，互联网依赖其技术优势和独特的传播方式，在与传统报纸的竞争中胜出。简单来说，首先，网络媒体具有时间上的即时性和零成本，而传统报纸则需定时订阅购买；其次，网络媒体具有空间上的无限性。而地方报纸垄断读者资源的现象严重，读者光凭阅读本地报纸很难全面了解事实。虽然从目前来看，网络媒体可能受制于网络的普及程度，但是从长远来看，网络迟早会成为普通人生活不可或缺的一部分，如同电视一样走进千家万户，因而普及率问题不是左右问题的根本；最后，互联网的拓展性和互动性在适应受众需求和口味变化方面表现得极为灵活，预计未来的网络媒体将突破现在以记者采集新闻为主的模式，每个网络受众同时也是信息的提供者，包括丰富的BLOG、手机影像、影视片段，乃至深度调查报告。网络受众也可以通过搜索引擎主动寻找自己需要的信息，而非像目前报纸媒体那样被动机械地接受信息。

这样受众采用网络媒体的成本—收益比将大大优于传统报纸。如果传统报纸媒体行业不采取更多的变革措施，则其消亡只是时间问题。

面对新兴网络媒体的挑战，中国传统媒体在短时间内经历了巨大的态度变化，从最初的懵懂无知到猛然觉醒，发现原本内容的接受者已经蜕变为自身的掘墓人。于是决定群起而攻之，以新闻采编成本为由要求集体抵制网络媒体，然而在抵制之后却发现自己同样是受害者，无论是在转载率还是受众面扩张方面，传统报纸早已深深地依赖于网络媒体。因而唯有加强合作，方能共生共荣。问题的关键从此变为双方如何在竞争中合作，在合作中竞争。

其实无论是传统报纸还是网络都仅仅是新闻传播的媒介，作为新闻出版商，不应局限于媒介的类型，而应追求新闻及时准确、客观公允的本质。传统报纸和网络会表现出不断融合的趋势，即便是在国外也同样如此，默多克花费了15亿美元收购了快速成长的网络社区www.myspace.com和游戏内容网站IGNEntertainment，从而使该公司在全美网页浏览量上跃居前三。

最终是报纸合并了网络，还是网络合并了报纸，对于普通新闻受众来说并不重要。社会大众所需的只是更多便捷高效的服务，如果谁能做到这一点，无疑将成为最后的赢家。

从这篇文章中我们可以清晰地看到新兴的互联网技术对传统报业的冲击。

互联网作为一种新式的传播技术，与传统的印刷媒体相比，具有很多明显的优势。比如说，人们在网络上阅读新闻之后，可以直接发表自己的观点或评论。而在传统的报纸上，即使存在读者来信的机制，这个反馈的过程也是非常缓慢的。互联网技术还有传播迅速的特点。同样一个新闻，在网站上几分钟就可以制作好，立刻发布出去。可是在报纸上，却要经过排版、印刷的复杂过程。在信息的容量上，互联网也有报纸无法比拟的优势。由于网络的信息存储容量几乎是无限的，因此互联网可以同时刊登大量的内容。而报纸的版面却是有限的，新闻记者必须时刻注意报道的篇幅问题。……

互联网具有这么多报纸不具备的优势，难道报纸真的会在互联网的冲击下消亡吗？报纸自身又有什么"防卫手段"呢？

首先，报纸最大的优势在于其内容的质量。报纸从诞生到现在已经几个世纪，而互联网不过才短短几年。在漫长的发展历史中，报纸发展出了一套完善的、专业的编辑与经营体系。报纸往往是纯粹的新闻报道机构，其内容的专业性远非"大杂烩"的互联网所能比拟。

其次，报纸满足多数人的阅读习惯。人们习惯在上班的路上，一边等公共汽车，一边读当天的报纸。而通过互联网阅读，则需要有一台可以联结因特网的电脑，这在技术上就比读报要复杂得多。对于很多上了年纪的人来说，从头学习使用互联网也是一件不容易的事。

另外，互联网由于具有言论过于自由、人人都可以随意发表观点的特征，容易变成流言蜚语和谣言的发源地。因此，如果人们需要准确的、权威的信息，还是会优先选择报纸。

面对互联网的巨大冲击，报纸又能做些什么呢？

绝大多数报纸都选择了和网络技术结合的方式。比如，很多报纸都有自己的网站，读者就算不买报，通过登录网站也可以读到当天的新闻。再比如，很多报纸都会和新浪网、千龙网等专业综合性新闻网站合作，把自己的内容通过出售的方式与这些网站共享，共同分享读者和经济收益。

　　关于报纸是否会消亡的讨论，可能每个人都有自己的看法。但是有一点是肯定的：任何一种新的传播技术，都无法在短时间内完全取代旧的技术。电视诞生的时候，很多人都预言广播会消亡。可是由于广播符合很多人的生活习惯（比如边开车边听音乐），所以不但没有消亡，反而有了新的发展。同样，互联网技术也不可能在短时间内把报纸"消灭"。可对于报纸的经营者们来说，积极寻求报业发展的新出口，应对来自新传媒技术的挑战，将是一个崭新的、艰巨的课题。

杂志就是
大 杂 烩

四

你知道吗？

★美国著名的《读者文摘》杂志，每期的销量能够达到1300万份。

★杂志在各种社会运动中，曾经发挥过重大的作用。

★《新闻记者》刊物每年都会评选出"年度十大假新闻"，这些假新闻曾经刊登在公开出版的报纸上，有的还被选入了教科书。

杂志从哪里来

对于"杂志"这个概念，我们每个人都不陌生，因为每一天我们都能接触到各类杂志。

你对杂志的第一印象是什么呢？可能是花花绿绿的封面，可能是昂贵的价格，也可能是优良的印刷质量。当然，如果你细心观察，会发现杂志的读者中，女性通常要比男性多，而且大部分杂志都是和消费、购物有关。

杂志究竟是一种什么样的媒体？它是怎样诞生的？这是我们在这一节中要解答的问题。

什么是杂志

杂志究竟是一个什么样的东西？要解答这个问题，我们不妨拿杂志和报纸做一个简单的比较，就能够归纳出杂志区别于报纸的一些显著的特点。

第一，从外观形态上看，杂志是装订成册的，像是一本"图画书"，一页一页的；而报纸则大多是印刷在零散的纸张上，是一版一版的。这是杂志和报纸最显著的区别。这种形态使杂志更容易制作得精美、优良。相比之下，报纸就显得粗糙多了。很多人站在报刊亭前，会突然决定买一本杂志，很多时候就是因为被杂志漂亮的外表所吸引。买回家读完之后，也往往不会像报纸一样随手扔掉。杂志为什么会有这样的特性？我们在后面会介绍。

第二，从出版周期上看，杂志往往比报纸长得多。我们知道，超过一半的报纸是日报，也就是每天都出版的；

而超过一半的杂志都是"月刊",也就是每个月才出版一本的。当然,还有不少杂志是"半月刊",比如我们所熟悉的《半月谈》《读者》,还有"旬刊"、"季刊",出版一期相隔时间最短的是"周刊"。

第三,从内容上看,杂志和报纸也有极大的不同。报纸的主要内容是新闻,而杂志很少刊登新闻。报纸上的信息往往是"大而全"的,而杂志通常都分为很细的类别——往往一本杂志只刊登某一类的内容,比如汽车杂志,里面刊登的文章都是和汽车有关的。

以上三点,就是我们将杂志和报纸做个比较后,得出的结论。

那么什么是杂志呢?我们不妨来下个简单的定义:杂志,又叫期刊,是一种有固定名称和刊号、定期连续出版的出版物。

细心的读者或许会发现:杂志的这个定义,好像报纸也符合呢!难道不是吗?报纸也有固定的名称和刊号,也是定期的、连续出版的,只不过报纸的出版周期比一般的杂志短了一些罢了。

没错,其实最初,期刊(杂志)和报纸是一体的,我们通常所说的"报刊",在诞生初期,是同一个东西。只不过随着印刷技术的发展和社会的进步,以刊登新闻为主的、出版周期比较短的一类报刊逐渐独立出来,成为现在我们常见的报纸。

那么为什么我们要管这类期刊叫做"杂志"呢?

其实,杂志的英语单词"Magazine"起源于法语,意思是"仓库"。既然是仓库,里面当然是五花八门、无所不包了。实际上，经过漫长的发展和演变，"杂志"已经全然没有了"杂"的感觉，而是变成一类非常"专"的媒体。

那么杂志是怎么诞生，并发展成今天的样子的呢？

杂志的故事

杂志的雏形，是形成于罢工、罢课、战争宣传中的小册子。就像前面介绍的那样，这一类印刷品最初都被称为"报刊"。

世界上最早的杂志是1665年在荷兰阿姆斯特丹出版的《学者杂志》。不过论及杂志的"大本营"，还要说是法国。在17世纪，法国社会上流行着很多具有杂志形态的小册子，介绍书店和新书，有点像我们今天经常看到的《读书》《书城》。

现在我们读到的杂志，受英国和美国早期杂志的影响很大。

英国的第一本杂志诞生于1704年，是由著名作家丹尼尔·笛福（就是大名鼎鼎的《鲁滨孙漂流记》的作者）创办的，一共存在了9年。杂志的名字叫《评论》，是只有4个小页版面的周刊。刊登的内容很少，主要是国内时事和政治。1709年，理查德·斯蒂尔又创办了《闲谈者》。这些早期的杂志的服务对象都是少数识字读书的精英阶层。

美国第一本杂志直到1741年才出现。早期的杂志包括安德鲁·布莱德福德的《美国杂志》，本杰明·富兰克林的《综合杂志》等。早期的美国杂志寿命通常都很短，很多杂志只出版了三五期就被迫停办了。发行量也很小，一般只有500份左右。价格也很高,主要面对富裕的精英阶层。

由此可见,在诞生初期,杂志的生存和发展是很艰难的。这是什么原因呢?

一方面,是因为当时的人们普遍文化程度都不高,大部分劳动者是不识字的,只有少数受过良好教育的人才识字。另一方面,由于没有广告制度,杂志的售价都很贵,很多人都买不起。

19世纪20~30年代,美国的杂志业开始"咸鱼翻身"。这一方面得益于人口的迅速增长和识字率的提高,另一方面也借了声势浩大的社会变革的"东风"。比如在废除农奴制的社会运动中,很多杂志都发挥了推波助澜的作用。有名的小说《汤姆叔叔的小屋》最初就是先在杂志上连载,才获得巨大社会影响力的。

我们中国的报刊发展比西方晚很多。第一份报刊《察世俗每月统记传》诞生于1815年,每个月出版一期,是一种综合了报纸和杂志特征的原始刊物。比较"有模有样"的杂志,直到"五四"时期才大量出现,比如陈独秀主办的《新青年》和北京大学的学生创办的《新潮》等,都是具有强烈革新意识的杂志。

由于杂志通常不刊登新闻而刊登评论,面对的也不是社会上的广大普通读者,所以杂志往往成为比报纸更加尖锐的传媒力量。比如,在19世纪后半期,美国社会出现了大量贫富分化、劳工被资本家剥削的现象,一些杂志发动了一场所谓的"耙粪"运动。杂志的记者和评论家们自诩为"耙粪者",专门把社会上那些肮脏的"粪便"清理掉。

著名的杂志《麦克卢尔氏》是这场运动的先锋。1902

年,《麦克卢尔氏》先后发表了三组文章,均产生了重大影响,分别是《美孚石油公司的历史》,揭露洛克菲勒公司运用不正当手段搞垮对手的黑幕;《城市的耻辱》,详细报道了纽约、费城、芝加哥等大城市政府的腐败行为;《工作的权利》,揭露工会的腐败问题。

《麦克卢尔氏》封面

在关于报纸的章节里,我们着重介绍过"调查性报道"。美国新闻界的这一传统,就是从"耙粪"运动开始的。

第一次世界大战之后,西方的杂志业出现了巨大的变化。杂志开始和报纸一样,成为依靠广告生存的商业媒体。一大批至今仍然具有强大影响力的杂志纷纷诞生。其中最有名的是创刊于1922年的《读者文摘》、创刊于1923年的《时代》周刊和创刊于1925年的《纽约客》。

《读者文摘》封面

需要注意的是,直到20世纪50年代,杂志始终是以"杂"为特色的,内容相当综

《纽约客》封面

合和多元。由于杂志通常大量采用生动的图片、色彩显眼、装帧精良，因此很受大众喜爱。到1950年，美国订阅杂志的家庭达到3200万户，比50年前增长了160倍。

然而好景不长，随着20世纪50年代电视作为一种崭新的媒体进入公众的视野后，综合性的杂志受到了巨大的冲击。电视采用全新的电子传输技术，不但内容丰富、报道及时，而且声像并茂，"抢走了"很多杂志的读者。许多曾经辉煌一时的杂志在电视的大举进攻下纷纷破产。杂志业为了生存，不得不做出重大的调整举措。

杂志业做出的最重要的举措是从"大众"向"小众"发展，杂志开始呈现出细分化的趋势。

什么叫细分化呢？就是杂志不再以"杂"为目标，而是开始"专"。杂志开始根据不同性别、年龄、职业、种族、家庭、地区、嗜好、宗教、教育层次的细致分化来调整自己的内容和编辑方针。比如在体育杂志的领域里，出现了《滑雪》、《划船》、《飞行》等划分非常细致的"小众"杂志。

到了上个世纪90年代中期,美国大概一共有1.1万多种杂志,其中只有大约800种是综合性杂志,其他的都是"小众"杂志。"杂志"不"杂",已经成为主流。

至于中国,由于在1949年以后走上了一条和西方完全不同的道路,因此中国杂志的发展历程和美国很不相同。

一开始,中国的杂志和报纸一样,都是国家所有的,是党和国家的"喉舌"。在相当长的时间里,中国影响力最大的杂志都是一些党的理论刊物,比如《红旗》(现改刊名为《求是》)杂志、《半月谈》等。以前我们常说的"两报一刊"中的"一刊",指的就是《红旗》。

改革开放以后,适应市场需求的杂志大量创刊。新兴的中国杂志业借鉴了很多美国的经验,有些杂志甚至以美国的某些成功的杂志为榜样,比如《中国新闻周刊》就以美国著名的新闻杂志《新闻周刊》为学习的对象。

目前,中国的杂志业从整体来看还是相对比较弱小的,大多数杂志都无法盈利,发行量也很少。杂志业的发展极不平衡。像《读者》、《故事会》这样拥有巨大发行量和盈利能力的杂志还是凤毛麟角,大多数杂志仍然要靠国家财政支持。

杂志PK报纸

谈到杂志,就不可避免地要谈到它和报纸之间的关联和区别。

前面我们说过,在诞生初期,报纸和期刊是一体的,所谓"报刊",其实说的是一个东西。只是后来,随着社会需求的变化和职能的分工,报纸和杂志出现了分野。

那么"报刊"为什么会分化成为"报纸"和"杂志"两个东西呢?

首先是人们对信息的需求有不同。对于新闻,当然是知道得越快越好,所以对新闻的报道周期一定要短,因此大部分报纸都是以"日"为单位进行出版的。而人们对于专业性信息的需求,则是越详尽、越细致越好,所以杂志的出版周期就要相对长一些,比较常见的是周刊和月刊。

由于报纸重视"时效性",杂志重视"专业性",所以两者的区别不仅出现在内容和时间周期上,更体现在形式上。每天出版的报纸当然不会如杂志一样印刷精良,而杂志也不必像报纸一样追求"大而全"。

报纸和杂志所面对的读者也有较大的不同。

报纸的主要职责是提供新闻,人们对新闻的需求是普遍性的,所以报纸通常都面向普通大众。但是,由于传输技术和地理上的局限,每天出版的报纸很难在当天到达全国各地人们的手中,因此绝大多数报纸都是地方性的,只面向一个城市或一个地区。

而杂志的读者是一个个不同的"兴趣群体"。比如,对汽车感兴趣的读者,会去阅读汽车杂志;对服装感兴趣的读者,则会去阅读时尚杂志。杂志所面对的,是一个个孤立的小群体,这就注定了杂志要想追求发行量和影响力,必须在更大的范围内发行。因此,大多数杂志都是全国性的,甚至全球发行的(比如法国著名的时尚杂志"ELLE"就有多种语言版本)。杂志的出版周期比较长,成册的装帧方式方便运输,这使得一些著名杂志的发行量远远超过报纸。

我们来看一下美国报纸和杂志发行量的对比:

表1　美国发行量最大的
　　　10张日报(2000年)

	报纸名称	发行量
1	华尔街日报	174万
2	今日美国	165万
3	洛杉矶时报	107万
4	纽约时报	106万
5	华盛顿邮报	76万
6	纽约每日新闻	72万
7	芝加哥论坛报	67万
8	新闻日报	57万
9	休斯敦纪事报	55万
10	芝加哥太阳报	49万

表2　美国发行量最大的
　　　10份杂志(2000年)

	杂志名称	发行量
1	现代老年	2030万
2	读者文摘	1340万
3	电视导报	1180万
4	国家地理	860万
5	美化住房与花园	760万
6	好家政	510万
7	家庭圈	460万
8	妇女家庭杂志	450万
9	麦考尔氏	420万
10	妇女时代	400万

可见,在美国,发行量最大的报纸《华尔街日报》的发行量也不过才174万,而排在前10名的杂志中没有一个发行量低于400万。

这是不是就可以说明杂志的影响力比报纸大呢?

当然不是了。事实上,如果我们仔细观察美国发行量最大的10本杂志,会发现这些杂志大多是和休闲、消费有关的,其对世界政治、经济、文化的影响力远远无法和《纽约时报》、《华尔街日报》等主流大报相比。比如全世界闻名的《读者文摘》,就以刊登具有趣味性的小说、散文、游记、笑话等为主,并不对时政进行报道和批评。更为醒目的是,在这10本杂志中,竟然有5本是以女性为主要读者群的:《美化住房与花园》、《好家政》、《家庭圈》、《女士家庭杂志》和《妇女时代》。这是因为女性是美国社会中消费的绝对主体。

那么是不是所有影响力大的杂志都是休闲娱乐类的呢?

当然不是。一些新闻、商业、人物类杂志的影响力也是非常大的,比如《时代》、《人物》、《福布斯》等。

关于杂志的分类,我们会在下一节中介绍。

报纸和杂志各司其职,既相互关联,又有很大的区别。近些年来,很多报纸为了迎接来自网络和电视等媒体的挑战,开始了"报纸杂志化"的努力。比如以前很少使用图片的报纸,开始大量刊登彩色的新闻图片。连报纸的尺寸、排版都学习杂志的风格,为人们提供阅读的方便。报纸和杂志像是一对和平共处的好兄弟,共同维系着平面媒体这块阵地。

关键在于分门别类

前面介绍过,杂志发展到今天,已经不"杂"了,而是以"专"为特色。因此,对杂志的分类就显得尤为重要。因为只有清楚地了解了杂志所属的类型,才能根据自己的兴趣和需求选择适合自己的杂志。

关于杂志的分类,有数不清的方法。比如,《美国工业展望》刊物就将杂志分为三大类:消费者杂志、商业杂志和农业杂志。当然,这个分类是很粗略也不够科学的。

还有一种比较流行的分类法是，将杂志分为12个大类，分别是城市杂志、家庭杂志、成人杂志、体育杂志、男士杂志、女士杂志、青年杂志、肥皂剧杂志、舆论杂志、高级杂志、幽默杂志和新闻杂志。这个分类的方法显然比"三分法"细致了许多，但是其中也有不少问题。比如说爱好体育的多是男性，那么"男士杂志"是不是应该包括了"体育杂志"呢?而看肥皂剧的基本都是家庭妇女，那么是否"女士杂志"应该包括"肥皂剧杂志"?

由此可见，为杂志分类是一件非常困难的事。由于不同的兴趣群体太多了，而且彼此之间有很多重叠，所以很难建立一个完全合理和公正的分类体系。

在本书中，我们将杂志分为五个主要的类别，分别介绍。这五个类别虽然并不能涵盖我们平时所能读到的所有杂志，但至少可以帮助大家对不同类别的杂志建立起一个比较清晰的印象。

新闻时政类杂志

新闻时政类杂志是所有杂志中社会影响力最大的一类。这类杂志并不直接报道新闻，而是以"阐释性报道"和"调查性报道"两大体裁取胜，着重对新闻背景的阐释和解读。

新闻类杂志的诞生是从1923年美国人亨利·卢斯创办《时代》开始的。

亨利·卢斯分析了当时美国主要报纸的特点和新闻界的混乱局面，为《时代》的发展定下了基调。他让编辑们把一周的新闻分门别类、提炼加工，以故事的形式写出

《时代》封面

《三联生活周刊》封面

来，并聘请专业人士对新闻的背景做出解释和分析。这种做法受到了当时新闻界的抵制，很多人批评《时代》违背了新闻报道的客观性原则。可是卢斯并不在意，仍然坚持自己的理念。5年之后，《时代》已经发展成为美国社会的一支重要的舆论力量，所有人都对亨利·卢斯刮目相看。美国甚至出现了一个模仿《时代》创办新闻杂志的浪潮，大名鼎鼎的《新闻周刊》就是在这一浪潮中诞生的。

在今天，《时代》是全世界发行量最大的新闻杂志，除了美国之外，还在100多个国家发行，每期的发行量可以达到600多万，传阅的人数高达3000万，影响力巨大。

美国的新闻杂志几乎是"三分天下"，除了《时代》之外，另两份具有影响力的新闻杂志分别是《新闻周刊》和《美国新闻与世界报道》。

那么究竟是什么人在读

新闻类杂志呢?

通常,《时代》《新闻周刊》的目标读者群是政界、工商界和传媒界的领导者,也就是所谓的"精英"。此外,在收入较高的人群中也有广泛的市场。

在我们中国也存在许多新闻时政类杂志,比如我们耳熟能详的《三联生活周刊》《中国新闻周刊》《南风窗》等等。这些中文的新闻杂志由于尚很年轻,因此多半没有形成自己的风格,在很大程度上都在向西方学习。因此,我们在读《三联生活周刊》或《中国新闻周刊》的时候,无论从编辑风格还是问题风格上,都能隐约看见《时代》和《新闻周刊》的影子。

由于新闻类杂志相比其他类型的杂志更加严肃和"枯燥",所以其发行量可能并不很大。但是多读这类杂志对于我们正确地认识社会、了解外面的世界,是非常有帮助的。

那么新闻类杂志的报道有什么特点呢?

还记得我们在前面曾经介绍过的"解释性报道"吗?在新闻类杂志上,"解释性报道"是占绝对主体地位的报道类型。由于新闻杂志不像日报,出版周期比较长,记者有比较充分的时间进行调研和写作,因此新闻杂志上的报道往往篇幅比较长,分析得也比报纸细致、透彻。从下面这则例子中我们就可以看出。

萨达姆被判处死刑

2006年11月《三联生活周刊》

11月5日,69岁的萨达姆因为犯有反人类罪而被伊拉克高等法庭判处绞刑。跟他一起上绞刑架的将是他同母异父的弟弟巴尔赞·易卜拉欣·哈桑·提克里蒂和前伊拉克革命法庭庭长阿瓦德·哈米德·班达尔。

这次审结的是杜贾尔村一案。1982年，萨达姆为了报复试图刺杀他的杜贾尔村民，审判并处死了148位村民，很多人是在审判前被折磨致死。伊拉克前副总统拉马丹被判终身监禁。还有3名地方社会复兴党官员因为犯有谋杀和虐待罪而被判处15年的徒刑。

持续50分钟的宣判非常具有戏剧性。法官要求萨达姆的辩护律师、前美国司法部长克拉克离开，说他是从美国过来嘲弄伊拉克人民和该法庭的。

8名被告挨个出庭接受法庭的宣判。首先被宣判的是社会复兴党的一个底层官员，他因为证据不足被宣告无罪。随后穿着黑西装和白衬衫的萨达姆在9名法警的警卫下左手拿着一部《古兰经》步入法庭。宣判之前萨达姆拒绝起立，他说："我会听取判决，但不会起立。"最后他被两名法警强迫架起听取主审法官拉乌夫·阿卜杜勒－拉赫曼的判决。在拉赫曼宣读判决书时，萨达姆高喊："去死吧你！你无权宣判。你是奴隶。真主是伟大的！伊拉克万岁！光荣的国家万岁，卖国贼和敌人必死！"

伊拉克总理马利基在宣判后以胜利者的姿态向全国发表电视讲话。"萨达姆的时代像希特勒和墨索里尼的时代一样已经成为过去。我们希望拥有一个所有伊拉克人在法律面前平等的伊拉克。公正处理萨达姆是为了回应被他判刑、处死的成千上万名兄弟姐妹的要求。歧视和迫害的方针结束了。各方通过和解参与政治进程的大门打开了。对前政权的宣判不是针对哪一个个人的。它是对伊拉克历史上最黑暗时期的宣判。"他说萨达姆被判处死刑也比不上反抗他的统治的死者流下的一滴血。处死他能够让死难者获得些许安慰。马利基曾是萨达姆时期的政治犯和阶下囚，并曾经长期流亡伊朗等国。

巴尔赞被称作萨达姆帮凶中最"丑恶的人"，是五角大楼"扑克牌通缉令"中的梅花5。他曾担任伊拉克常驻联合国代表、伊拉克情报机构负责人等职务。在杜贾尔村事件中，巴尔赞被控犯下了下令执行屠杀和暗杀行动、进行刑讯逼供和拷打，甚至毁灭整座村庄等罪行。拉马丹生于1938年，曾在萨达姆政权中担任包括工业部长在内的多个要职。

依照伊拉克的法律，死刑宣判自动被上诉到伊拉克高级法院的上诉法庭，由9位法官组成的上诉法庭将复审审判的程序和相关事实。这一过程没有时间限制，有可能需要三四周，也有可能持续到明年春天。一旦最终判决被宣布出来，萨达姆将在之后的30天内被执行绞刑。

总统塔拉巴尼说过，他原则上反对死刑，不会签署死刑执行令，但他委派了他的副手替他签字。审判过程中，萨达姆曾经要求被枪决。他说："萨达姆·侯赛因是一名军官，应该中弹而死。"但是伊拉克高级法院的官员说，萨达姆是以平民身份出庭受审的，按照法律规定如果被判处死刑，他应该被绞死。

《时代》周刊说："审判萨达姆的过程跟美国官员2003

年时想象的不一样。他们希望看到萨达姆站在法庭上，能让伊拉克人驱走萨达姆长期统治压在他们身上的恶魔。希望审判提醒什叶派和逊尼派他们都曾悲惨地处于他的统治之下。但是审判反而扩大了部族之间的分裂。"

虽然首都巴格达和其他地区实行了全天宵禁，萨达姆被判绞刑消息一出，巴格达市区内便传来枪声。不少什叶派人走上街头，欢呼雀跃，按响汽车喇叭，向天鸣枪，他们用脚踩萨达姆的照片，高喊"社会复兴党去死吧！"有人向孩子分发糖果。

在萨达姆的家乡提克里特，1000多人参加了抗议判决的游行示威。他们举着萨达姆的照片，朝天空中鸣枪，高喊"我们的心、我们的灵魂和鲜血献给萨达姆"、"萨达姆让美国人颤抖"。

杜贾尔村一案宣判之后，萨达姆的被告生涯仍未结束。在等待上诉结果时，萨达姆和包括"化学阿里"在内的其他6名前社会复兴党官员仍将因为1988年的"安法尔行动"而继续在8日出庭受审，在那次行动中至少5万名库尔德人被杀害。如果上诉法庭的法官维持死刑的宣判，"安法尔行动"一案和其他案件就立刻终止，萨达姆将被绞死。

当然，新闻类杂志也存在一些不容忽视的问题。比如，由于所有报道都是解释性报道，所以新闻类杂志不可避免地要出现一些主观的倾向。《时代》在报道一些重要历史事件的时候就曾经体现出了不少偏见，比如在20世纪60年代，《时代》就鼓吹战争，主张政府对越南出兵。

我们阅读新闻类杂志,不仅要学习专家、学者、记者们的思维方式和对新闻的阐释、分析,还应该逐渐培养自己独立思考的能力。

商业财经类期刊

商业财经类杂志和新闻时政类杂志有相似的地方:两者的内容都比较严肃,面对的读者群都是收入较高、社会地位也较高的"精英"。不同的是,商业财经类杂志的内容更加专业了一些,主要集中在对经济、商业、金融、贸易等领域的内容报道。

美国重要的商业财经类杂志主要有《福布斯》、《财富》和《商业周刊》等。这些杂志各有各的特色,比如《福布斯》以一年一度的全球富翁排行榜著称,《财富》对全球500强企业的排名则极有权威性。

《福布斯》封面

在中国,商业财经类杂志起步较晚。在计划经济时代,我国几乎没有财经杂志。改革开放以后,随着经济建设的进展和传媒政策的调整,商业财经类的杂志大量创刊。其中比较成

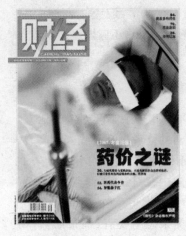

《财经》封面

功的包括《财经》、《商界》、《经理人》等等。

由于财经杂志具有极强的专业性，因此注定了其只能面向一小批工商界人士。值得注意的是，由于商业财经类杂志极高的专业程度，很多普通老百姓很难发现或察觉的商业黑幕都是由财经杂志调查并报道出来的。比如我国的《财经》杂志，就曾经揭露过许多商业领域的犯罪行为，其主编胡舒立甚至被美国《新闻周刊》称为"亚洲最危险的女人"。

要想读懂商业财经类杂志，需要读者具有良好的经济学知识。而对于那些大企业中的决策者、CEO们来说，每天读专业的财经杂志已经成了必修课。

文化艺术类杂志

文化艺术类杂志是我们日常生活中很常见的杂志。这类杂志要么介绍某一专业领域的知识，如美国的《国家地理》、中国的《大众软件》等；要么就是以刊登文学、文化作品为主的文摘类杂志，最具有代表性的莫过于美国的《读者文摘》和中国的《读者》、《故事会》。

文化艺术类期刊由于具有知识性和趣味性，因此"群

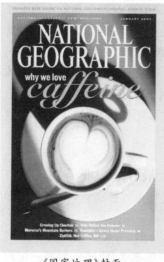

《国家地理》封面

《读者》封面

众基础"比前面两类杂志要好得多。美国的《读者文摘》有1340万的惊人发行量，深受各个国家、年龄、阶层的人们喜爱。而相对比较"高端"的《国家地理》，也受到了知识阶层的青睐。

文化艺术类杂志刊登的内容往往和新闻、时事没有关系，而是一些文学性、知识性、可读性都很强的文章和图片。比如风靡全球的《国家地理》就以大量拍摄世界各地的自然风光、人文景观图片而著称。还有前面提到过的《纽约客》则是以幽默、犀利的专栏文章吸引读者。

我们都知道，文化和艺术可以陶冶人的性情，也可以让人们在轻松中学习知识。所以，我们应当多看文化艺术类杂志，以开阔视野。

在发展的过程中，一

些文化杂志的从业者因其崇高的职业理念和敬业的工作热情而赢得了崇高的声誉。这些文化杂志的从业者的"文化理想"和报纸从业者的"新闻理想"一样值得我们尊敬。比如《国家地理》，就以拥有一个庞大的优秀摄影师群体而自豪。下面我们来看一段《国家地理》杂志摄影师的自述，或许就可对这类杂志对"文化理想"的追求有个大致的了解。

我拥有世界上最好的职业

Mike Nichols　翻译:王秉杰　择选自人民网

　　的确，天赋是上苍赐予的，但是，成功是1%的上天赐予+99%的其他因素。我的意思是说，你可以拥有一定的天赋，但是你必须能够"推销"你自己，使自己成为焦点。要学会拒绝，要了解各种文化，熟悉各种地方。你要能够适应在任何地方都能睡觉、什么东西都吃得下、永远不惧怕各种疾病的生活。

　　你要得到别人的挖掘和发现。可能在刚开始工作的时候，你只能拿着微薄的工资努力地为别人工作。然而，这其实就是你学习的过程。记得那时，我是和一个叫查尔斯·莫尔的朋友一起工作的，他当时是一位著名的"民权"摄影家，曾经拍过不少照片，其中包括发生在美国亚拉巴马州的伯明翰德国牧羊犬伤人事件，以及民权领袖马丁·路德·金被捕的照片。查尔斯和我一样，都出生在美国亚拉巴马州的一个小城镇。当我在那里读大学的时候，我看到了他拍摄的照片，可是那时我却不知道他是谁，当然我也不知道他和我都出生在那个城镇。

回忆当初，我记得那时我听到消息：这位著名的《LIFE》杂志(《生活周刊》)摄影师要来这个小城镇，还将参观我就读的那所学校。不管怎样，那时的我，唯一的心愿就是一定要"粘"住查尔斯，就好像小狗粘住领养自己的主人一般。我希望自己能跟着他到处拍摄照片。他说："好吧，你别上研究所了，来旧金山做我的助手吧！"于是我离开了学校，开着车穿过乡野来到查尔斯的家。

我担任他的助手几个月后，他把我引荐给了一个人，而正是那个人使我的辉煌人生成为可能。虽然为他工作才几个星期，但是我所学到的，比我在学校里所学的要多得多。

在你工作的时候，必须得到别人的培养。我曾经和内森、福莱·德里克两个人一起去非洲，在这之前，他们在农场工作了4个月，每小时工作不过10美元。这其实埋没了他们的才能。内森是一个出色的木匠，如果做木匠的话他每小时能挣20美元。我的意思是，如果你有一项特长，可是你去从事非你特长的工作，虽然有些可惜，但是只要你愿意去做，那么就去做吧！我所做的就是要能发现他们身上是否具有团队精神，以及他们彼此能否互相合作，因为他们都想成为《国家地理》杂志的一名摄影师。他们会换轮胎，不计较吃的，只要填饱肚子就可以，他们还会爬树。所有这些工作的内容与成为一名时尚摄影师不同，我的助手必须能够掌握各种野外生存的技能。

我和内森第一次见面的时候，他正从办公室里走出来，他说："只要能够为你工作，我愿意为你赴汤蹈火。"而这其实就是我最想听到的。尽管他并没有说,我喜欢你,我喜欢这个工作。但是他所说的那句话,恰恰表达了他非常愿意为我工作的意愿。他的这番话说到我的心坎上了。当然,他和福莱·德里克也就从此为我工作,成为了我的助手。他们两个人每天工作16小时,可是从来不在乎自己的身体,不在乎他们自己的生活。而所有的这些,正是我期望的。因为曾经在那个特定的时期,我也如此为查尔斯工作过。

培养他们,让他们掌握更多的户外摄影技巧有很多方法。举个例子说吧,如果你是大峡谷游船上的一名导游,虽然你并不是一名摄影师,但这段经历却能让你更容易成为一名拍摄大峡谷的摄影师。约翰·巴鲁斯特恩起初只是个船夫,可是后来却成为了一名摄影师,世界上最著名的一本关于大峡谷的摄影集就出自他的手中。当然,对他来说,他并不是为了谋生计而成为一名摄影师的,所以他才会跑去当了6年的船夫,而就在这6年里,却拍摄了如此伟大的照片。

作为一名摄影师,你必须在内心有一个自己的神龛。在里面,放着一些对你来说特别的东西,藏着你最为关心的事物。当然,它未必一定要是奇异的。你也不可能总是买那些昂贵奇异的东西。即使它并不值钱而且唾手可得,但只要对你来说特别,那就可以了。所以说必须有一样你愿意为此付诸一生的东西,无论《国家地理》杂志是否愿意刊登,你都有必要那样去做。作为一名摄影师,你也不得不这样去做。

当我在南部生活和学习摄影的时候,我把拍摄洞穴作为我的一大爱好。当我长大以后，我成为了一名摄影师，我成了一名著名的拍摄洞穴的摄影师。那个洞穴名字叫Lechuguilla，位于墨西哥，它有着难以形容的奇观。而我是唯一能够把它拍摄下来并刊登在《国家地理》杂志上的人。这也打开了我的"事业之门"。自从我发表了那张照片，那张刊登在杂志封面上的照片，我的辉煌就此开始。

当然，把我带向事业顶峰的还有我的热情。热情对于我的事业来说起着至关重要的作用。记得，当初我和查尔斯步入曼哈顿的那天，我遇到了我的第一个工作。那时，我才25岁，那是一个充满着无比热情的年纪，我把我的相机忘在了出租车里，但是我又必须赶去德国《地理》杂志社。他们刚刚在纽约开设了分支机构，并且给我安排了一个职位。我把照片拿给杂志社的接待员看，其实那天我把这些照片展示了足足有5次之多，我的目的只有一个，想方设法地去见主编，得到他的肯定，并且希望能够谋求一职。

如果只是简单地拍照，这已经足以满足自己的愿望了。可是当你要以此谋生，要成为一名摄影师的话，你的困难就开始多起来了。当你想让你拍摄的照片出版，你想让人们来出钱购买你的照片，你想让别人给你一个职位，各种额外的约束也就随之而来。你不得不去拍那些大家喜欢看的照片。

对我来说，拍照不仅仅意味着可以到处旅游，它还带给我快乐。我拍摄照片的主题通常与国家公园有关，这些照片能够表达出许多难以言表的内涵。如果这些照片被出版发行的话，它就能带来很多价值，而如果我只是把这些照片放进鞋柜里，它们是不可能拯救大猩猩的。拯救这些大猩猩，保护自然才是我真正的使命。

我拥有这个世界上最好的职业。我想把这个职业当成秘密藏在心底，不让别人知道。你知道，世界上最富有的人也可能想去度假，想去感受一下像我这样的工作，可是他们却办不到。举个例子说吧，因为"滚石"是我最喜欢的乐队，所以我就以米克·捷格他们为例。他们可以带着所有的钱，跑去买那些小岛上靠近海滩的房子，接着便整日躺在沙滩上。当然他们也可以选择去旅行，可是即使那样，他们也只能终日坐在车子里，无法尽情享受大自然的各种美丽景色。我只是想借此说明，世界上最有钱的人虽然的确比我富有，可是他们永远无法像我这样享受真正的生活。因为即使你拥有世界上所有的财富，也不可能去亲密接触像我所感受的这些经历。我的工作便是去亲密接触，亲密地观察各种事物。虽然这份工作有很多的弊端，但是我不在乎。总有人每天数次这么对我说："嗨! 你一定是拥有了世界上最幸福的工作!"当然，那个人并不知道我确实有着世界上最令人羡慕的工作，因为我想把它当成秘密藏在心底，我也不会到处吹嘘、告诉别人。

休闲消费类杂志

所谓休闲消费类杂志，顾名思义，就是为读者提供休闲娱乐、引导消费的一类杂志。这类杂志又被称为"消费者"杂志，占据了所有杂志数量的60%以上，是杂志业的绝对主体。

休闲消费类杂志都具体包括哪些更细的种类呢? 我

《VOGUE》(《服饰与美容》)封面

《新潮电子》封面

们不妨简单列举一下。

最常见的一类，是时尚杂志。相信女孩子们都不会不知道《时尚》、《时尚芭莎》、《时尚健康》、《服饰与美容》这些杂志的名字吧？这些杂志通常以女性为目标读者，介绍全世界时装、生活的新潮流。时装、香水工业发达的法国是时尚杂志的"大本营"。我们中国流行的时尚杂志，其实都是法国、美国出版的时尚杂志的中文版。

除了时尚杂志之外，奢侈品杂志也占据了很大比例。比如目前在我国非常流行的《新潮电子》，就是关于电子类产品（如手机、MP3、掌上电脑）的奢侈品杂志。类似的还有关于汽车的《汽车之友》、关于房产和房屋室内装饰的《时尚家居》等。奢侈品杂志瞄准城市中那些收入较高、具有较强消费能力的年轻人群,具有相当大的市场。

体育类杂志也是休闲消费类杂志里很重要的一类。在美国,就有专门的《滑雪》《壁球》《划船》等非常专业的体育杂志。此外,以男性为目标读者的健美杂志也很流行。

近些年来,随着全世界旅行者数量的增多,专业的旅游杂志也纷纷出现。比如大名鼎鼎的《背包旅行者》等。

毫无疑问,休闲消费类杂志是相当受人们欢迎的,因为这类杂志往往制作得相当华丽精美,内容也轻松浅显,其主要的目的是为了让人放松,引导人们去购物、消费。因此,一个国家和地区经济越发达,消费类杂志种类也越多、越有市场。

当然,报刊有娱乐的功能,我们阅读杂志不光为了学习知识,了解世界,还应该得到休息和放松。可是我们也要清醒地意识到,如果我们沉迷在商业主义的消费狂潮中,会让自己变得麻木、浅薄、失去上进心。

在西方,对消费类杂志的批评和对铺天盖地的电视娱乐节目的批评一样尖锐。因为娱乐化、消费主义让人们对世界的认识停留在表面,过多地注重视觉享受和物质刺激,而忽略了正确认识世界的努力。

保持清醒的头脑,以欣赏而不是沉迷的态度对待休闲消费类杂志,才是正确的做法。

情感家庭类杂志

情感家庭类杂志从一诞生起就始终拥有稳固的读者群,这和社会对家庭伦理的关注与重视是分不开的。这类杂志虽然对舆论没有什么重要的影响力，却是社会生活中不可缺少的润滑剂。

《妇女家庭杂志》封面

在美国，从20世纪80年代末起，情感家庭类杂志的发展进入了一个黄金时期，一批内容温馨、主题生活化的家庭杂志开始大受欢迎。最有名的是《妇女家庭杂志》。这本杂志已经创刊100多年，到1999年发行量达到了450万份，位居全美所有杂志的第8位。《妇女家庭杂志》和其他6种同样受欢迎的家庭杂志《家庭圈》、《好家政》、《美化家庭与花园》、《妇女时代》、《麦考尔氏》和《红书》合称家庭杂志"七姐妹"，在家庭妇女读者中拥有巨大的影响力。

《知音》封面

此外，《为人父母》、《父亲》、《孩子》、《祖父母》等杂志也很受欢迎。

在中国，家庭情感类杂志一直拥有巨大的市场。比如我们都熟悉的《知音》，其发行量位居全世界杂志综合排名第5位。同类的还有《时代姐妹》、《好主妇》等。

家庭情感类杂志的流行和现代城市中生活压力日趋增大、离婚率逐渐升高有关。人们开始呼唤传统家庭道德的回归和人与人之间心灵的沟通。

情感家庭类杂志的读者中，绝大部分是女性，因此这类杂志往往也很容易得到广告商的支持，成为赚钱大户。

下面这篇文章曾刊登在我国著名的情感家庭类杂志《知音》中，大家可以从中感受到这类杂志温馨的风格。

妈妈啼血声声唤，空姐沉睡5年就要起飞(节选)

2006年7月下半月版《知音》 作者/宋保众

5年前，美丽女孩刘明明在即将实现蓝天梦时，却在一次洗澡中摔成了植物人。面对医生"无法苏醒"的宣判，坚强的妈妈不言放弃，历尽苦难，以超乎寻常的毅力，坚持通过模拟航空播音方式来唤醒女儿。

2006年5月22日，奇迹终于在这一天出现了！当深圳航空公司乘务长司瑾与郑雨等4位空姐，站在刘明明床前，模拟进行一次航空播音时，一声清晰的呼唤从刘明明的嘴里传出："妈！"在场的人们惊呆了，小屋内顿时泪光一片。解振海医生激动地说："是伟大的母爱和现代医学手段，联手创造了这个植物人在昏睡了近五年后被唤醒的奇迹！"

美丽女儿一跤摔碎蓝天梦，单亲妈妈的心最痛

刘淑贤今年51岁，家住辽宁省沈阳市铁西区南八东路，是沈阳市电缆厂的一名职工。1981年5月，刘淑贤和朱

献友结了婚。婚后第二年，刘淑贤便怀上了女儿朱萍，可是令刘淑贤没想到的是，女儿刚满月，朱献友便提出了离婚。直到1985年，二人才正式办理了离婚手续，刚刚3岁的女儿由她抚养，并改随母姓叫刘明明。刘明明从小就向往着蓝天，她喜欢看蓝天上那白云飘飘。上初中后，刘明明出落成一个亭亭玉立的美丽少女，爱做梦的她，幻想有朝一日能成为一名空姐，乘坐飞机穿越浩瀚的蓝天，自由地飞翔。

1998年8月，刘明明以优异的成绩考取了北京交通中专学校沈阳分校。很多次，她仰望着蓝天，心里溢满了欢乐和信心。

2001年6月9日，刘明明临近中专毕业，她在校园启事栏里看到一则"海南航空公司来沈阳招收空姐"的消息，喜出望外。回到家中，刘明明把这个消息告诉给了妈妈，刘淑贤也十分激动。6月18日，天生丽质的刘明明顺利地通过了面试和体检，成为了一名准空姐，刘明明在同学们的美慕中憧憬着自己美好的未来。按照海南航空公司的安排，刘明明等入选人员将要在8月20日接受专门的训练。然而，就在这时，命运偏偏和这对母女开了一个天大的黑色玩笑。

8月16日晚上，刘明明从外面回到家里，浑身是汗，刘淑贤就让女儿去卫生间洗个澡。刘明明一边洗澡，一边还哼着小曲。过了10多分钟，刘淑贤突然听到卫生间里"扑通"一声，紧接着就传来了女儿"哎哟，我的妈呀"的喊叫。刘淑贤慌了，猜想女儿可能滑倒了，急忙拉开卫生间的门，只见女儿的头重重地摔在下水管道上，还流着血。刘淑贤吓坏了，赶紧给女儿穿上衣服，急忙喊来邻居，平抬着女儿上车，然后往医院拼命奔去……10分钟后，刘明明被送到了沈阳军区总医院脑外科急诊室。此时，女儿已成昏迷状态，旁边很多护士医生在忙碌着，形势十分危急。看到这一幕，刘淑贤站在医院走廊上，发出一阵阵撕心裂肺的痛哭。

沈阳军区总医院的解振海等几位资深医生对刘明明实施了紧急抢救。在抢救过程中，医生们发现，刘明明的脑干血管已经破裂，并引发脑疝。经过奋力抢救，刘明明的生命虽然被医生从死神手中夺了回来，但她从此陷入了昏迷状态。

抢救结束后，刘明明被送进了ICU室。一想到心爱的女儿摔成了植物人，刘淑贤每天只能痛苦地以泪洗面。此时，刘淑贤的姐姐刘湘玲也从鞍山职工大学赶来。厄运的阴影笼罩在全家人的心头。

26天后，刘明明从重症监护室转到了普通病房。除了呼吸、心跳、血压正常外，她只能一动不动地躺在病床上，已经无法感知外面的世界。

……

独辟蹊径当"空姐"，母爱是穿透心灵的最强音

为了进一步弄清女儿的病情，刘淑贤让姐姐刘湘玲看护刘明明，自己带着女儿的病历，先后下大连、上北京等地咨询，但专家看过病历后，都给出了几乎相同的答复——刘明明醒过来的可能性很小。这个不幸的消息让刘淑贤仿佛从天堂掉进了地狱，她看到年迈的父母每天为自己和刘明明的病操劳，步履蹒跚，她心里很难受，决定以死来解脱这一切。

　　这天，刘淑贤从医院回家后，把父母亲的房间收拾得干干净净，她要在"走"之前，为父母尽一次孝。刘淑贤的母亲胡玉珍见女儿表情不对，就问她怎么啦。刘淑贤泪如泉涌，她伤心地告诉母亲说："我不想再连累你们了，我要解脱自己！"胡玉珍急忙拉着女儿的手说："淑贤啊，你不能这样啊，你要是今天死了，我明天就电死自己！"说完，胡玉珍老人老泪纵横。

　　母亲的泪水刺醒了刘淑贤，她暗下决心：只要还有一口气，也要给女儿治病。

　　2002年2月2日，经169天的治疗，刘明明出院回到家中。但此时她仍未清醒，而其成为空姐的梦想也随之化为泡影。为了救治刘明明，刘淑贤的大哥和弟弟都挺身而出，有钱的出钱，有人的出人。大姐刘湘玲更是不顾教学的繁忙，每周一次地从鞍山赶到沈阳，前来照顾刘明明。

　　正当为治疗女儿的病一筹莫展时，刘淑贤从电视上看到江苏沛县张庄镇一个叫王素英的植物人被亲人唤醒的故事。看完这则消息后，刘淑贤感到自己内心热流在喷涌，她仿佛看到了黎明的一丝光亮。受王素英亲人的启发，刘淑贤决定用自己的母爱来唤醒女儿。当她把自己的想法和解振海医师说时，解振海医师也很支持她，让她试试看。"只要有万分之一的希望，我也要尽全力一拼！"刘淑贤暗暗下定决心。刘淑贤知道，女儿一直有个蓝天梦，希望当个空姐。她决定用自己独特的方式去圆女儿的"蓝天梦"，唤醒女儿。

　　刘淑贤先来到沈阳航空公司，找到沈阳桃仙国际机场总经理刘文君，表示想学习如何当个空姐，刘经理张开的嘴久久没有合拢："你开什么玩笑？""我想给女儿治病！"当刘淑贤把救治女儿的想法向刘经理说了后，刘经理才理解了她的意图，并被她的勇气和真情所打动，说："有你这样的母亲，你的女儿一定会醒过来的。"刘文君特意安排两名乘务员对刘淑贤进行一周的航空常识培训。为了多掌握一些航空知识，刘淑贤还到新华书店购买了一些有关航空方面的书籍。从此，刘淑贤的床头堆满了各类航空书：《航空飞行》、《飞向蓝天》、《航空礼仪》等，她还订阅了《中国航空》杂志……

……

植物人女儿醒了，模拟航空播音创造生命奇迹

2002年4月12日，一切准备就绪后，刘淑贤开始"上岗"了。由于女儿病前最想去北京看长城，所以刘淑贤将"航班"的目的地设为北京。她一边为病床上的女儿梳着长发，一边认真地播音："各位乘客，大家好，欢迎你们乘坐本次航班。本次航班由沈阳飞往北京，我是本次航班的乘务员刘明明……"刘淑贤年迈的父母，看不得这样的场景，躲到屋外悄悄地抹眼泪。

从此以后，为了圆女儿的蓝天梦，刘淑贤每天都这样不厌其烦地表演着。刘淑贤还买来反映航空飞行事业的CD《大鹏展翅》播放给女儿听。以前，在学校时，刘明明是个多才多艺的女孩，她最爱唱的歌曲是《快乐老家》，刘淑贤不但每天给女儿播放这首歌曲，还自己学会了唱这首歌，亲自唱给女儿听。

8月25日这天，刘淑贤正在播音："各位乘客，飞机马

上就要起飞了,请各位旅客检查安全带是否系好……"这时,一个声音传了过来:"空姐很漂亮,服务非常好。"刘淑贤转身一看,是母亲站在了身后。刘淑贤的眼泪一下子出来了,哭喊了一声:"妈,你是这架'班机'的第一位'空中乘客'啊。"胡玉珍拉着女儿的手说:"你太辛苦了!我也要加入你的'航班'!"刘淑贤激动地搂着妈妈,母女俩久久说不出话来。在解振海医师的建议下,刘淑贤把醋、柠檬汁、芥末、酱油、红辣椒和盐等,放在女儿的舌头上,来刺激女儿的味觉。不仅如此,刘淑贤还用薄荷油、桉油、大蒜、强烈的香水等,放在女儿的鼻子下,来刺激女儿的嗅觉。刘淑贤知道女儿爱留长发,几年来,她没有给女儿剪过发。为了给女儿洗头,刘淑贤每次都要花上一个多小时。

……

伟大的母爱终于感动了上天!2004年10月15日,刘淑贤像往常一样,坐在女儿身边开始播音:"各位乘客,大家好,欢迎你们乘坐本次航班。本次航班由沈阳飞往北京,我是本次航班的乘务员刘明明……"这时,刘淑贤发现女儿的眼睛眨了一下,刘淑贤很激动。接着,她又重播了一遍,女儿的眼睛再次眨了两下。不一会儿,刘明明的泪水从眼角悄然落下……

女儿流眼泪,说明她有了反应!刘淑贤激动地搂着女儿,竟一时语塞,幸福的泪水模糊了她的双眼。她知道那一滴泪珠的分量有多重,那可是她几年来含辛茹苦的回报啊!而后她喜极而泣,像疯了一样,哭着,笑着,奔出院子高声大叫:"我女儿流泪啦!我女儿流泪啦!"街坊邻居看到这一幕,也都流下了热泪。

刘明明从那次流泪后,人虽然没有苏醒过来,但是,她的反应越来越强烈。先是一次流几滴泪,渐渐地泪水成串。接着,她的手指和脚趾也开始轻轻颤动,眉毛也开始动了。在爱的滋润下,奇迹还在继续发生着。2005年7月,刘明明开始对冷、麻、痛有了感觉。有一次,刘淑贤有意地给她喂个冷雪糕,她把冷雪糕刚塞进刘明明的嘴里,刘明明急忙把头移开了。

2006年春节过后,刘淑贤模拟航空播音救治女儿的消息,很快在沈阳传开了。很多市民被刘淑贤伟大的母爱感动了。沈阳"大可以"酒店的员工送来了1万元人民币;沈阳中正堂药房、沈阳兴齐制药厂和北京圣安百草健康集团驻沈阳办事处常年免费给刘明明提供"心脑清"胶囊、眼病药物和圣宁万应油;远在丹东、锦州、内蒙古、乌鲁木齐等地的病友出院后仍然牵挂着刘明明,不断地打来长途电话询问刘明明的病情,刘明明的小学同学王静特意录制了一盘喊叫明明的磁带,希望早日唤醒沉睡着的好同学;邻居王女士每次买菜都给明明家无偿地带上一份。东软集团的时晓宁先生不仅给刘淑贤一家送钱送物,还经常利用空闲时间去她家,帮助刘淑贤照顾刘明明。看到那么多好心人在帮助自己,刘淑贤的信心更足了。

……

解振海医师告诉记者,现在刘明明对外界的刺激已经有了意识,从根本上和植物人有了区别。虽然她现在还不能走路、说话不完全,但康复只是迟早的问题。是伟大的母爱和现代医学手段，联手创造了这个植物人昏睡了近五年后被唤醒的奇迹。

刘淑贤对记者说，女儿虽然醒了，但脑子里还有积水，需要做引水和补脑骨两项大手术，费用大约还需要30万元左右。而目前，刘淑贤为救治女儿已经欠下了40万元的外债，每个月只能靠600元的退休金生活，根本没有钱去做手术。在采访快结束时，喜欢看《知音》杂志的刘淑贤借助《知音》，十万火急地向善良的读者鞠躬："希望有爱心的你伸出热情的双手，共同托起一个美丽女孩的蓝天梦，让她早日起飞！"

和"信息大餐"报纸相比，杂志就像是一道道精心烹饪的菜肴。我们要根据自己的口味来做出自己的选择。而很多时候，明白自己需要什么是非常难的。媒体是一个错综复杂的世界，在选择的过程中，我们始终要保持一颗自我约束的心。

《读者文摘》的财富帝国

杂志业的经营和报业的经营非常相似，都是依靠发行量和广告来盈利。我们看到一本100多页、售价20元的杂志，其印刷成本可能在40元以上。这些杂志要想生存，必须拥有大量广告的支持。

杂志作为一种广告媒介，具有先天的优势：读者定位准确。由于杂志具有专业性，只针对固定的目标读者群，因此使得广告商更容易有的放矢。比如，时装公司要做广告，多半会选择时尚杂志；生产汽车的企业要做广告，当然选择专业的汽车杂志。

由于杂志的经营模式和报纸的经营模式非常相似，这里就不再做具体介绍，仅举美国《读者文摘》的例子，来看看一本杂志是如何成长为一个富甲天下的"媒体帝国"的。

《读者文摘》创办于1922年2月。一个名叫德维特·华莱士的年轻人和他的新婚妻子用借来的1300美元创建了这份杂志。第一期《读者文摘》只有32页，而且只发行了5000册。

华莱士创办这份刊物的目的是为繁忙的人提供节省时间的阅读。由于是"文摘"，所以杂志上的多数稿件都是从报刊、书籍上选取的精华之作，不但通俗易读，而且文笔优美。文章的主题则浅显易懂，用小故事讲大道理，贴近普通人的生活。

最开始，《读者文摘》只刊登改写的文摘类文章，在第二次世界大战之后开始逐渐刊登投稿作品。此外，每一期还刊登一篇精品书摘。

上世纪40年代是《读者文摘》发展壮大的"黄金年代"。1935年，它的发行量突破100万。1942年，上升到500万。二战结束之后的1946年，发行量达到900万。这在当时的美国杂志业中几乎可以算是一个神话。

有趣的是，从创刊到1955年这长达33年的时间里，《读者文摘》一直是没有广告的，其收入完全来自刊物销售。但是进入20世纪50年代之后，《读者文摘》很快就发现印刷的成本越来越高，媒体商业化的进程使《读者文摘》

开始举步维艰,于是从1955年开始,《读者文摘》正式开始刊登广告。由于拥有巨大的发行量,《读者文摘》从来不缺少广告客户。在这本杂志上刊登1小页彩色广告费用高达10万美元。

现在,《读者文摘》在全世界拥有19种语言文字的版本。《华盛顿邮报》曾经如此报道:"在美国,几乎每三名识字者中就有一个是《读者文摘》的读者,其读者之广只有《圣经》能与之相比。"

《读者文摘》的创始人华莱士夫妇不但曾经作为年度风云人物荣登《时代》杂志封面,而且其头像还被制作成邮票广泛发行。

有华莱士夫妇头像的邮票

《读者文摘》之所以能够在商业上取得这么大的成功,与其长期以来坚持的编辑方针有密切的关系。那么在编辑上,《读者文摘》有什么特点呢?

首先,内容轻松有趣。

《读者文摘》所选择刊登的文章都是和人们生活息息相关的话题:婚姻、爱情、家庭、友谊、健康、交流,等等。其长期坚持的一个选择标准就是"人情味"。在《读者文摘》上刊登的文章,往往讲述的都是善良战胜邪恶、仁慈战胜贪婪的故事,这给读者们留下一个印象:生活是简单而美好,充满阳光的。这就能使读者们感觉轻松愉悦、情绪乐观。

其次,语言通俗易懂。

《读者文摘》拥有美国最强大的写作群体,它以非常优秀的稿件来招徕编辑人员。这些编辑的主要任务是从其他刊物上选择适宜刊登的稿件,然后进行浓缩和改写。经过这些"高手"的加工,很多文章变得比原文还要简洁生动。《读者文摘》在报刊语言风格上的贡献对美国的杂志业产生了巨大的影响,就连许多挑剔的语言学家都夸赞《读者文摘》开创的优美、隽永的语言风格。

此外,《读者文摘》长期以来坚持保守的政治立场。

《读者文摘》通常被称为"美国传统价值观的代表"。正因如此,《读者文摘》在全世界传播的同时,把美国的价值观也传递到世界各地。很多人曾经评价:《读者文摘》所起的作用超过了美国所有政府的舆论宣传。

从1300美元起家,现在的《读者文摘》已经发展成为拥有杂志、书籍、行销和投资运营的庞大媒体王国,年收入超过20亿美元。《读者文摘》成为美国一切文化艺术类杂志的典范。

(本节资料来源:端木义万主编:《美国传媒文化》,北京大学出版社,2001年)

在中国,杂志业的经营具有明显的"两极分化"的趋势,一些发行量巨大的杂志,如《读者》、《故事会》不但拥有庞大的读者群、稳固的广告收入,其影响甚至达到海外。而大多数杂志仍然挣扎在贫困线上。在网络媒体的冲击之下,杂志业和报业一样,面临的挑战是空前的。

结语
不确定的
时代

　　媒体是一个错综纷繁的世界，我们每个人都可能在其中迷失方向。

　　一个世纪之前的美国著名报人普利策曾经说过：社会就像一艘大船，而媒体和新闻记者就像这艘船上的导航员。他瞭望前方，时刻关注前方是不是有礁石，让社会这艘大船始终沿着正确的方向前行。

　　当然，这只是普利策作为一个报人为新闻界提出的一个崇高的职业理想。100多年后，我们所面对的媒体世界已经全然变了模样：网络的力量越来越强大，色情、暴力可以肆无忌惮地传播；电视上充斥着各种娱乐节目和明星脸，没有人专心地观看新闻；就连保守的报刊，也出现了很多问题：假新闻，有偿新闻，娱乐化新闻，消费主义倾向……越来越多的人不再把媒体当作了解世界的窗口，而仅仅是一个娱乐的场所和工具。

关于媒体的发展现状和问题，是学者、专家们要考虑的问题。摆在我们普通人面前的，是我们应该如何正确地看待和使用媒体。

在这个不确定的时代里，道德开始变得非常重要。媒体的从业者们需要职业道德，这样才能够让媒体不仅仅追求金钱上的收益，而是要保持良知和社会责任心。作为普通的读者、观众，我们也需要"受众道德"，这样才能够时刻使自己在纷繁复杂的媒体世界中保持清醒的头脑和冷静的心智。

前面曾经介绍过李普曼的观点，他早在80多年前就曾经告诫我们：媒体中的世界是模拟的，虚假的，不是真实的。媒体虽然是我们获得信息的主要渠道，却不应该成为我们认识世界的唯一途径。在媒体世界之外，我们还应该用心去感受生活，经历生活，只有这样，我们的价值观和世界观才是纯净的、深刻的。

最后，让我们用德国作家托马斯·曼的一句名言来做为本书的结语：我们生活在一个不确定的时代。在这个时代中，了解真相和了解世界的归宿一样困难。

图书在版编目(CIP)数据

报刊厨房——谁为我做信息大餐/常江编著．—福州：福建人民出版社，2007.7

（魔镜丛书）

ISBN 978-7-211-05504-3

Ⅰ．报⋯　Ⅱ．常⋯　Ⅲ．报刊－新闻工作

Ⅳ．G21

中国版本图书馆 CIP 数据核字(2007)第 042319 号

魔镜丛书

报刊厨房——谁为我做信息大餐

BAOKAN CHUFANG——SHUI WEI WO ZUO XINXI DACAN

作　　者：常　江　编著		
责任编辑：沈小燕		
出版发行：福建人民出版社	电　　话：0591－87533169(发行部)	
网　　址：http://www.fjpph.com	电子邮箱：211@fjpph.com	
地　　址：福州市东水路 76 号	邮政编码：350001	
印　　刷：福州彩虹制版印刷有限公司		
地　　址：福州市东水路 55 号	邮政编码：350001	
开　　本：850mm×1168mm　1/32		
印　　张：6.5		
插　　页：1		
字　　数：117 千字		
版　　次：2007 年 7 月第 1 版　2007 年 7 月第 1 次印刷		
印　　数：1－2000		
书　　号：ISBN 978-7-211-05504-3		
定　　价：16.00 元		